NK INK INK INK INK INK IN
K INK INK INK INK INK INK
NK INK INK INK INK INK IN
K INK INK INK INK INK INK
NK INK INK INK INK INK IN
K INK INK INK INK INK INK
NK INK INK INK INK INK IN
K INK INK INK INK INK INK
NK INK INK INK INK INK IN
K INK INK INK INK INK INK
NK INK INK INK INK INK IN
K INK INK INK INK INK INK
NK INK INK INK INK INK IN
K INK INK INK INK INK INK
NK INK INK INK INK INK IN
K INK INK INK INK INK INK
NK INK INK INK INK INK IN
K INK INK INK INK INK INK
NK INK INK INK INK INK IN
K INK INK INK INK INK INK
NK INK INK INK INK INK IN
K INK INK INK INK INK INK
NK INK INK INK INK INK IN
K INK INK INK INK INK INK

INK INK INK INK INK INK
NK INK INK INK INK INK IN
INK INK INK INK INK INK
NK INK INK INK INK INK IN
INK INK INK INK INK INK
NK INK INK INK INK INK IN
INK INK INK INK INK INK
NK INK INK INK INK INK IN
INK INK INK INK INK INK
NK INK INK INK INK INK IN
INK INK INK INK INK INK
NK INK INK INK INK INK IN
INK INK INK INK INK INK
NK INK INK INK INK INK IN
INK INK INK INK INK INK
NK INK INK INK INK INK IN
INK INK INK INK INK INK
NK INK INK INK INK INK IN
INK INK INK INK INK INK
NK INK INK INK INK INK IN
INK INK INK INK INK INK
NK INK INK INK INK INK IN
INK INK INK INK INK INK
NK INK INK INK INK INK IN

K INK INK INK INK INK IN
INK INK INK INK INK INK
K INK INK INK INK INK IN
INK INK INK INK INK INK
K INK INK INK INK INK IN
INK INK INK INK INK INK
K INK INK INK INK INK IN
INK INK INK INK INK INK
K INK INK INK INK INK IN
INK INK INK INK INK INK
K INK INK INK INK INK IN
INK INK INK INK INK INK
K INK INK INK INK INK IN
INK INK INK INK INK INK
K INK INK INK INK INK IN
INK INK INK INK INK INK
K INK INK INK INK INK IN
INK INK INK INK INK INK
K INK INK INK INK INK IN
INK INK INK INK INK INK
K INK INK INK INK INK IN
INK INK INK INK INK INK
K INK INK INK INK INK IN
INK INK INK INK INK INK

INK
文學叢書
206

鬱的容顏

鄭穎◎著

目次

江行初雪

從傳統山水畫到余承堯，李渝的小說美學與自我救贖

余承堯・《碧綠山莊》

重新開始，手很生疏，像兒童一樣筆筆描著，倒也有初學者的稚情。他記起老師的教導，繪畫以生物爲基礎，以生命爲開始，以生活爲實質，一張畫完成，透露的無非就是這幾件事。

於是以後我們常見到軍官揹著畫袋，拿著拐杖，在林泉之間徘徊踟躇，似乎在尋找某種景觀，構思某種圖案。或見他有時呆呆地站在那兒，好像在觀察某種物相，或者細讀某種形體。也見他選擇一個角落，搭穩架子，要麼就手拿著紙和墊，依著石頭坐下來，聚精會神。

周圍生機洋溢，處處都是寫生的世界，生命並不缺乏。軍官的眼睛一向犀利，看得到物的特徵和細節，捉得住靜態和動態，一段時間以後，筆已運用得很熟練。見到他的寫生的人，都還以爲是位專業畫家畫的呢。

——李渝〈踟躇之谷〉①

六○年代即開始創作的李渝，第一本小說集《溫州街的故事》，寫巷弄裏花木掩映間纏祟著戰爭與政治的，一樁樁繁華又滄桑的煙雲故事，已然是台北文學重要的一頁。之後，從《應答的鄉岸》與《金絲猿的故事》，再跨到《夏日踟躇》，作家美術史的專長一顯無遺，〈江行初雪〉裏已經出現的菩薩塑像、唐代服飾，宋代彩繪，到了〈無岸之河〉，藉小女孩的眼，描一隻「翅邊鑲著金色的羽毛」的鶴，展翅翱翔過豐腴富足的唐朝婦女，和綺麗憂鬱的徽宗工筆；騰飛過蘇軾的赤壁，也驚嘎一聲突出了黛玉的寒塘花魂。作家的筆下畫面層出，每翻轉一次，就是一個永恆的畫面，這個畫面，是文學的，也是藝術的。

其〈踟躇之谷〉，以一位自情治系統中退下，轉任開路工程的軍官爲主角，寫他如何在經歷殘酷戰爭與暗流浮動的傷害下，體驗到「生命終究是無光的」，在白日酣暢於炸山爆破的快感，與魔魘於「夜半醒來的時候，密審的暗室，昏黑的刑場，驟然臨置，變成不是別人而是他自己的刑場」②間搏鬥著。又如何在一次暴烈的炸山錯差中殘廢，除去軍職，留居山林，並拿起筆畫出形相以外的，心內的線條與圖像。小說裏寫軍官初遭大難，某天黃昏時走到峰頂，恰見：

> 山岳迤邐，重重巒頭拱擁著峽谷，餘暉這時正妍妁，從山頂到山腰映得光彩，樹林株株斑斕挺立，顏色像翡翠一樣地明媚，樹梢的地方又給鍍染得比金縷還要纖美，景觀眞是華麗又遼曠。

從山腰以下，日光卻遲遲不能移度下來，光質猶豫了，沒有給谷帶來亮度，反而使它失去色調形狀，變得晦黯而曖昧。尋找谷的盡底，似有底又不見底，幽邃得無法忖計，魍魎的煙嵐瀰漫飄蕩，不可知的氣氛浮沉著，盤旋著。③

李渝行筆至此，不僅僅是描繪了一幅氤翠鑲金的畫面，還帶出一個畫家，由此位畫家，再帶出中國山水畫牽延百年的寫意寫實題目，和她身兼美術史專業與小說家身分背後的信仰；一個中國傳統山水畫的現代化進程，以及小說家李渝的現代主義美學，於焉鋪漫開來。

寫於一九七七年到一九九三年間的，李渝關於美術的評論，後集書成《族群意識與卓越風格》，其中包括她對中國繪畫的民族主義與「現代」定義；山水畫的「外相」與「心源」的看法，拉丁美洲文藝在二十世紀後半期遭遇到的文化入侵、弱勢風格的壓抑與復興等議題，都有精闢獨到的看法。更令我們眼睛一亮的，是其中別出章節的四篇，她對畫家余承堯其人其畫的專論。小說家在此，一改她小說節制與舒緩的敘事腔調④，換裝成專業美術評論者，對余承堯半生戎馬，中年轉畫，以素人之姿⑤，卻直承宋、元山水典範的驚人成績，予高度肯定。李渝使用語言熱情澎湃，文字精鍊嫵媚，一如畫家直畫石理岩紋，千山萬壑氣勢磅礴堆疊觀者眼前，不容呼吸，只能屏息；李渝的描繪與評論，亦以相同姿態，將畫家畫作引介讀者眼前，大有驚呼聲就要奪出，說：看，「代表二十世紀後半葉中國繪畫的一位畫家，就在眼前這裏了。」[6]

儘管小說家曾提到，故事的本身或有所本，提昇後，往往才達到一個超昇的世界，也就是一個寫小說的人眞正想講的世界。[7]但不可否認地，〈踟躇之谷〉一篇，確確疊合了畫家余承堯的身影，透過理解這位獨立於畫廊與評論界之外的畫家，我們或可一窺小說家李渝如此細寫畫家藉筆墨找尋救贖的經驗，是否隱含了某種對自己小說美學的回眸眼神？

余承堯，一八九八年生於福建省永春縣，出身於典型的耕讀家庭，父親早逝，曾學木匠與漆器，習做櫥桌，畫「勾欄」，能於木料上鉤畫雕花、彩繪。近代畫家齊白石早年亦曾有過木匠經歷，或許相同經驗都曾使得他們在書畫、造型與美感取向，留下一定程度的影響。[8]二〇年代初期，余得友人支助，赴日就讀，原習經濟，後轉入日本士官學校就讀，自此開始他的軍旅生涯，直至對日抗戰勝利，四十八歲的他，已累官中將，此時，余卻毅然做出退休決定，原因紛多，其中以「二十多年的征戰生涯裏，他雖未親手殺過別人，但卻間接的與無以數計的生靈的死有關」[9]，最接近李渝〈踟躇之谷〉主人翁的心理鋪陳。一九四九年，台海關係一夕變色，余隻身獨留台北經商，從事藥材生意，此後四、五年間，他並且開始他的南管推廣工作，開始逛畫廊。〈鐵甲與石齒的幻生〉說到畫家首次萌生提筆的念頭：

> 幾次畫展看下來，他胸中的「成山」使他對諸多畫家所作的山水頗覺不滿。他覺得他們的山水太貧乏、太單調，一點都不像他所體會到的奇妙、複雜與雄渾。於是余承堯首度拿起畫筆，讓他胸中的「成山」在紙上現形。[10]

這年，他五十六歲，這一動念，造就出他後半生的畫藝傳奇。[11]

林詮居《才情．隱士．余承堯》收入畫家大量畫作，其中一幅跨頁水墨，即使是印刷品也讓人震動。這是余承堯畫於一九七一年的兩幅鉅作之一：「山水八連屏」[12]。近七百五十公分的幅寬，山的形體氣勢，簡潔磅礴，以幾個大塊分割營造，互相襯托呼應，山勢走向一氣呵成，當視角偶然停留畫面的某一點某一處，目光自然被牽動，不由得隨山的波折，隨蜿蜒山路，再行再走，攀高或入河谷，在蹊徑飛瀑間目光又順勢流瀉而下。在此八連屏中，畫家甩開已成套式的中國傳統的皴法規則（如江南岸渚用披麻皴、黃土高原用雨點皴、溪澗泉石則用帶水斧劈皴等），余承堯的不師古人用心在此一顯無遺。前文述及他所以萌生作畫的念頭，正因不滿傳統山水的紙上煙雲，於是他由心、眼出發，從他的軍事地形學出發，自創亂筆，既不講究毛筆筆法，也不管前人心法，「結構完整，層次分明」，他想畫出他曾行腳的大江南北十八省分，以及「實實在在的山」（余承堯語）。在四連屏、八連屏之後，畫家的創作更入佳境，《山高更應大》、《奇峰疊翠》、《連峰直聳破雲端》、《群峰拔秀立空中》、《庚申秋日作山水》等畫作[13]，畫家由細碎筆跡組成崎峻山岩，再由大塊分割構圖組成全畫的余式畫風，愈見複雜成形，亂筆，竟組合出生命力旺盛的撼人山水。

李渝說：

看余承堯畫，如果對中國繪畫不太陌生，也許會從記憶裏遙喚出兩種山水典型來，一是以范寬爲代表的北宋山水，一是吳彬、龔賢等人作品中所看見的十七世紀「變形主義」山水。[14]

這是李渝面對畫家余承堯時最驚懾的一事：

何以在五十餘歲的高齡開始，竟能有這樣緊密的結構意識？畫家自己說：「從來沒有學習過過去人的畫」，何以一出手，就這樣接近如范寬、李成、荊浩等北宋山水典範呢？[15]

中國傳統山水畫的興起，與漢末以降，至魏晉而大興的玄學、道家思想有直接關係。政治的亂象使創作者企圖以老莊的「自然」與名教相抗衡，但更多人選擇韜晦遺世、避入山林；表現在文學上的，是玄言詩趨轉成肆意遊遨的山水詩；詩人寫下：「昏旦變氣候，山水含清暉。……林壑斂暝色，雲霞收夕霏。」（謝靈運．〈石壁精舍還湖中作〉），畫家則走入溪澤峻嶺中，山水畫開始從作爲背景的人物畫中獨立出來。六朝畫家宗炳〈畫山水序〉則提出書畫專論，強調「山水質有而趣靈」[16]；唐代王維則從詩與畫、理論與創作上雙重實踐，「破墨」與「皴筆」，實質改進山水畫只靠濃淡、容易單調的表現方式，「詩中有畫、畫中有詩」則加入了禪意境界，山水畫成了寄託文人胸臆的所在。

從這裏開始，有荊浩氣勢雄峻的北方重巒《匡廬圖》；有董源岡巒清潤、嵐色鬱蒼的江南《夏景山口待渡圖》及蒼蓊深邃、樸茂華滋的《夏山圖》；再有巨然淡墨輕嵐，景色幽深的《萬壑松風圖》。到了南朝後主時，趙幹所繪《江行初雪》圖，繪長江初雪季節，漁人水中作業，入冬時特有的空曠與凋零，畫家用白粉彈作小雪，雪花飛舞就要融入水中。《宣和畫譜》說此畫「樓觀、舟船、水村、漁市……散爲景趣，雖在朝市風塵間，一見便如江上，令人蹇裳欲涉而問舟浦漵間也。」⑰山水畫發展至此，已見氣候。一入宋代，李成、范寬，一個「雨點寒林」，一個「對景造意」，一個平遠，一個高遠；《晴巒蕭寺》與《谿山行旅圖》，畫出宋初山水的兩種風貌，充分體現了山水實景與畫家內心秩序再現之間的關係。這是宋人典雅莊重、和諧蘊藉、節制含蓄的美學，發爲文，形諸筆墨，造型藝術，全無二致。詩文如此，書畫如此，瓷器亦同。

李渝指出：

> 包括了荊浩、李成、范寬、巨然、董源、郭熙在內的十、十一世紀，是不向寫實主義發展的中國山水畫最接近物體世界，最具有實觀的一個時期，也是理論架構和視覺秩序同時獲得精心照顧的時期。⑱

以荊浩與郭熙爲例，前者隱居太行山，朝夕觀察山水樹石的變化，有《筆記法》，記山間古松，或如翔鱗乘空，或蟠虬，或迴根。畫家於是「攜本復就寫之，凡樹萬本，方得其眞」，不停寫生自然，悟出畫理，從創作與實踐兼收唐人用筆用墨的長處，山水畫在他筆下比例和諧舒妙，既縹緲又峻峭娟挺。因「貴似得眞」，畫中只見主峰突兀，群山環抱，一線飛瀑如白練直下，嶺、岫、崖、谷、溪、澗、瀑、泉無一不備，畫面開闊，景物逼眞。郭熙的《林泉高致》則系統地總結經驗，將山水畫的核心意境問題，更加具體化。一方面以畫論深究山、水、溪、石的重現，與筆、墨、硯、練之訣，對自然觀察入微，如論水色天色：「春綠、夏碧、秋青、冬黑，天色春晃、夏蒼、秋淨、冬黯」；畫家百慮百思，「一種畫春夏秋冬各有始終曉暮之類，品意物色便當分解」。郭熙擅長大型卷軸壁畫，宋代神宗皇帝於殿堂之上，多處懸掛郭熙作品，正是因爲其畫千態萬狀，他反對因襲模仿，提倡向眞山眞水學習，如《早春圖》，具體實踐他在《林泉高致》所提出的「高遠」、「平遠」、「深遠」理論，構圖幽奇，近中遠景，峰巒疊立處有流泉樓閣，樹木枯瘦清簡，近則平池春水，谷間雲霧升騰。高居翰論此山水，說到：

> 這是世界某個遠僻的角落，限制在我們眼前。它把幻想遙引出畫面，因此暗指了畫面以外的整個世界。和早期的壯觀景象相比，它並不亞於一種微視世界（microcosm）⑲

山巒迭起，水脈湧流，山水流衍到宋中期，已非僅只自然，它是文人心中塊壘，可以峻嶺幽邃，可以蒼點青苔，可以荒蕪，也可以留白。重「理」輕「形」的主觀意趣，文人畫成爲主流。「不求形似」與「得之於象外」，寓意抒情遠勝於反映眞實。在文風鼎盛、文人當家的宋代，意境、氣韻之說可以從四面八方流匯賦形入文人書畫，從宗教、文學引入視覺藝術。到了元代，文人畫則起了大作用，如同玄言清談初興的漢末與魏晉，文人爲了逃避政治現實，縱遨山水。但與宋代兼具文官身分的文人不同，元代畫家們走出廟堂，一步一腳走進山林，遺世獨立隱居二、三十年者，大有人在；揮毫可以寄託無依的身世，也爲有感而發，取鎭日相親的自然爲題，表情也達意。元代四大家：倪瓚、王蒙、吳鎭、黃公望，無不如此。

畫家以自然爲師，與自然相親，以自然爲題的畫作，在迢遠的二十世紀，再次成爲余承堯的創作力的來源。但不可忽略的，是他畫面中令人驚異的，肌理地質的細節呈現。

那是在王蒙的《具區林屋圖》中已經出現的樹石肌理，更是吳彬、陳洪綬，是髡殘，而龔賢的晚明以降的變形山水；是爲了「逸氣」、「雅興」乃至「氣韻」的文人畫品味而被漠視與忽略的寫實可能。高居翰從宋代文人畫與禪畫說起，舉蘇軾的「論畫以形似，見與兒童鄰」作引，文人水墨不求「應目會心」，畫面形象退居次要，成了「一種簡化了的，印象主義式的，然而卻咄咄逼人的意象。」[20]李渝的〈從山水到人物——清初繪畫中的「正統」與「歧邪」〉，則直探董其昌等人「霸道的分宗論」（南、北宗）的結果，是如何蕭條了山水畫的傳統，造出一大批不觀察自然、不自求個性、死氣沉沉的畫作。一如盛大士在《谿山臥遊錄》的批判：

不善學步，僅求之於烘染勾勒處，而失其天然宕逸之致，遂落甜熟一派。[21]

曾經在宋初，在元代大家筆下有過完美展現的文人畫，漸見窠臼。當文人品氣成爲超越一切的至高無上法則時，順應因襲此準則者，自居爲「正統」、「正脈」，視他者爲「歧邪」。山水畫借鏡自然所湧動的生命力，已經不見。反而要在歧出於正統的畫家及畫作中找到，看見他們不墨守成規，試圖變新求異的企圖，看見他們在已成峨峨大山的「寫意」風格中，找到「寫實」的路徑——中國山水畫重生的可能。

余承堯，就是從「反寫意」，「反傳統」的用心出發，重新開始。

行筆至此，不免又讓我們想起〈踟躇之谷〉中，像兒童一樣筆筆描著，像初學者的將軍畫家。

一九八三年，李渝以短篇小說〈江行初雪〉得到該年中國時報小說首獎。這篇小說當時得到極大迴響，有些評者將之視爲「反共小說」，或有的認爲「和固有文化再思考有關」。作家爲此還寫了一篇文章〈屬政治的請歸政治，屬文學的請歸文學〉作爲回應。[22]〈江行初雪〉這篇小說，或許正可作爲李渝在保釣運動頓挫，重回學術／藝術史，蟄伏十二年後，第一波出手。〈江〉與同時期另一作品〈無岸之河〉其實已將《溫州街的故事》之後的諸短篇，如《金絲猿的故事》，乃至《夏日踟躇》中頻頻回顧，日見成熟的某些元素、美學、執念、纏擾或思辯，包括「鄉歸何處？（中國？台灣？）」、「白色恐怖氣氛下壓抑噤聲的愛情與欲念」、那近乎山水畫的靜謐遠景下、暗藏著「歷史輪迴卻無聲的暴力與卑微」，俱已線索浮現。我們或可從〈江行初雪〉開始，從它的敘事迂迴路徑，尋找到李渝愈到後期小說愈一頭栽進的「畫中之境」：那是介乎神祕主義的古典烏托邦時空；是中國現代史噩夢（革命、殺人、逃難、瘋狂、白色恐怖）所無由闖入的永恆靜美國度，愛與救贖的「無岸之河」，一如《賢明時代》的三個短篇。

故事的開始是這樣的：一位自海外學美術史的敘事者，搭機回到以古寺聞名的中國潯縣。剛開始的動機是爲了一睹「玄江寺裏的那尊菩薩」，六世紀南北朝時的一尊藝術珍品。但卻隨著參觀途中殘斷散焦的旁觀，一個文革後中國民間社會滿目瘡痍且荒涼的場景逐漸清晰呈現。敘事者的注意力由「博物館收藏的菩薩照片」，到「玄江寺現場的菩薩本尊」，再到「寺裏一位跪在壁角邋遢的白髮婦人」，層層迴轉。最後終於捲入一樁文革時駭人聽聞，地方縣委將一位美麗少女活活打死，「以腦補腦」的人吃人故事。

這個略顯恐怖陰沉的小說，在結構與敘事氛圍上明顯地像是在對魯迅的〈故鄉〉和〈在酒樓上〉致敬。小說中的「我」像遊魂回到故鄉，〈在酒樓上〉裏是客途寥落，如：

窗外只有漬痕斑駁的牆壁，貼著枯死的莓苔；上面是鉛色的天，白皚皚的絕無精彩，而且微雪又飛舞起來了。㉓

到了〈江行初雪〉裏，則是：

在這旅遊的淡季，特爲外賓而設的旅店除了兩三個外商模樣的人，幾乎沒有其他寄宿的，依著長松的一排客房冷清得叫人不想回去。

黑夜還沒有全來，冬日的黃昏也不留餘暉。晚霜很快浸襲，穿行在松幹間，沉迷在石板鋪成的小徑上。雕花木窗的上簷，日光燈已經先開亮，在黯淡的暮氣裏，濛濛地閃著筆直一條幽青的光。㉔

「我」回到了故鄉，但故鄉在一種佯裝平靜、壓抑禁忌的尋常表面下，成爲一陌生化的異域，一座鬼城。因爲無法跟上敘事者羈旅之地（日本、美國）的現代性時鐘，而在敘事者的「現代性眼神」凝視下慢慢呈現出前現代的恐怖、反智、不潔或非人化。

在魯迅的「故鄉」（魯鎮、或S鎮），迷信與對死亡的恐懼，移轉成封建意識底層者的自我賤蔑和自我羞辱，如祥林嫂的捐土地、廟門檻供人踐踩；落伍的醫病邏輯對人身體與自尊的侵害，如〈父親的病〉或〈藥〉裏的砍頭蘸血饅頭；乃至一種困居其中，徹底灰色虛無的絕望，一如〈在酒樓上〉的故人緯甫……等。然而，魯迅在二十世紀初對傳統愚昧的憤怒與譏誚，在世紀末的〈江行初雪〉中，「永劫回歸」地重演了。李渝小說中呈現的恐怖感，除了那封鎖小鎮的恐怖感，還多了一層歷史無意義重複輪迴，二十世紀中國人白白虛耗地走了近百年的痛切絕望。

故事中以玄江菩薩爲河岸，三個故事爲河流的「多重渡引」：東晉天竺僧人慧能建寺的故事；觀世音變相為妙善公主，剜目斷臂救療父王的故事；乃至文革中少女慘死，幹部生吸人腦的故事。李渝處理小說的高潮，同時以玄江菩薩被文革後住持漆成俗艷金身的震動，與聽聞少女悲慘往事接替出現。

我隨身低頭再跨過一個四、五吋高的門檻。正要抬起頭時，突然一片金光罩下，不由得使我吃了一驚。我急忙站穩了身——眼前矗立著一尊從頭到腳水泄不通的金色菩薩！

是弄錯了吧？這哪是水成岩的玄江佛呢？我急忙抽出袋裏的圖片。

左手齊腰合掌垂下，右手當胸推前，印相是完全相同的。可是，全身披掛著叮噹的珠璣瓔珞，卻是和圖上的完全不同，更不用說這一身金了。

當胸就有幾串大小長短不整的珠鍊，齊腰紮了幾條蓮花圖案接成的束帶，肩上加出飄帶，佛衣滾上紅黃藍三色邊，頭上還有一頂碩大的高冠，疊鑲著各色寶石。

不消說，珠寶金玉都不是眞貨。無論華麗到哪裏去，莫非都是合成材料照形狀塑成的，再塗上紅藍綠的俗鄙顏色，把圖片裏的如水似雲的風格全數破壞了。㉕

菩薩被塗金漆，是縣委（腦）病癒後，爲了謝菩薩而漆，結果勾連出那段慘無人道的往事。我們讀著李渝，但迴盪而來聲音卻是魯迅的。

> 「家裏——有什麼癲癇的先例麼？」老先生問出了這樣的問題。
>
> 聽說當時大夫爲了說出下面的怵然的治方，雖然身邊除了縣委以外並無他人，也儘量壓低了聲音：
>
> 採用身健體清的姑娘，乘命氣活躍時直接收入，由血脈即時運至腦中，以腦治腦，以腦引腦，以熱震寒驅寒，或有治癒的希望。[26]

「美」的被褻瀆，與瘋狂不可救贖的暴力，其實是同步發生的，譬如文革，又譬如《溫州街的故事》裏的白色恐怖台北。

黃錦樹在〈詩，歷史病體與母性〉中，相當深入地討論到「左翼知識分子在革命破產後向詩轉化的精神狀態，一種憂鬱的生產」[27]。他以郭松棻小說〈月印〉中，男主人翁生病的身體與歷史事件之間特殊的互動，如核心隱喻是血，從戰爭陰影中，台北大轟炸的「咯血的預感」[28]，男女主人翁性愛的延擱，情欲的壓抑，無後的恐懼，歷史主人公由病體惡化爲屍體……，論文中指出「病體即文體」：愛的瘋狂與漫渙，文體的癱瘓，語言文字的憂鬱症症狀。[29]

反觀李渝，對身體的執迷，或以身體作爲歷史暴力施加的受害（或犧牲），乃至進入前文所稱郭松棻之於抒情傳統的回歸，或川端康成的新感覺派，吳爾芙式的意識流技巧……這種種，完全不遑多讓。在堪稱她小說藝術高峰的《溫州街的故事》裏，即使逃亡、轟炸、戰亂，甚而大人們在客廳低下噪音談論某某又被抓走，至親之人被槍斃等，種種亂世浮生的徬徨恐懼，李渝總出現「她的側臉和弧形的頸線襯托在黑暗的牆上」[30]、「他摸索著，握住她的腰，把她擁過來，對她特別溫柔。空氣很溼悶。從他的頸際她嗅到一種熟悉的樹木的氣味」[31]，這種微物、身體感官、壓抑情欲的女性書寫；或又如《傷癒的手，飛起來》和《菩提樹》兩篇，隱在小說敘事背後惘惘的威脅，即是在白色恐怖濫捕濫殺時局，被監禁壞毀傷害的青年身體；《金絲猿的故事》裏，那將軍、夫人、兒子三者間不同欲望與意志的視覺交換[32]。

我們不禁要問？李渝的小說，或因身分的差異（外省籍，女性），使得她即使從「現代主義——保釣——抒情傳統回歸或進入神祕主義」[33]，一路幾乎與郭松棻同步。但是，她的抒情核心，始終少了郭的沉鬱，以及那沉鬱後面將要瘋狂崩毀，類似日本戰後派作家（如太宰治、大岡昇平）諸人，一種「形上故鄉永遠漂泊，永遠流浪」的，惡漢似、侏儒似、零餘者似的主體碎裂危機。她的小說多了一種「贖罪」意識，一種想要將歷史傷害或暴力扭曲篡奪了人的尊嚴、自由、美的靜謐時刻……還原、超越、昇華的浪漫意志。

這在〈江行初雪〉中，那尊被沾染上人間醜惡愚行的臨江菩薩身上，即可見到：

厚厚的金漆後面，妙善垂著雙目，從細長的睫縫裏端看著眼前人間的我們。嘴角微揚起的程度已經淹沒在倘徉的油漆下，然而柔弱得幾乎浮現不出的，仍舊是那不欺的笑容。無論人間怎麼翻騰，加諸在她身上的凌侮多麼沉重，一手從垂著的五指流出起死回生的生命之水，另一手推射出呵護眾生的五色之光，靜立在黯淡的室中，承受著人間所有的荒唐，引渡所有的辛苦到諸佛住持的淨土。㉞

同樣的救贖之境，在〈無岸之河〉，是結尾那些南飛過境，白肚灰身，常在溫暖台灣停留的候鳥；《金絲猿的故事》則是將軍女兒懷寧重返父親當年的犯罪之舊地，進入到神祕原始的金絲猿保育叢林；而在本文開頭提到的〈踟躇之谷〉，則是隱約可見的余承堯將軍影子的，為戰爭夢魘所困，最後全身浸淫入山水畫境的畫家。

一個烏托邦，一個滌淨救贖的處所，一個自由靈魂追求超越這一切暴力、瘋狂、愚騃的現代史場景的美好所在，慢慢地，慢慢地在李渝的小說中輪廓浮現。

稱李渝小說（至少是以《賢明時代》三篇晚期作品為代表）裏面那個遙遠、人世無途徑進入、縹緲的至福之境為「烏托邦」，或有定義缺陷混亂之訛。晚近西方所謂「烏托邦」小說者，常指二十世紀之後，某種「美好的生活觀念，主要把那些重大的罪惡消除，那些從古到今一直存在的不幸根源：極端的不平等，貧窮，種族與宗教和階級的分別，戰爭和貶抑人性的過度勞役」[35]。尤金・韋伯（Eugen Weber）在〈二十世紀的反烏托邦〉說：

對這些人來說，「拯救」根本是沒有的事。他們向我們說明，烏托邦論者在使人和社會完美的追求中，已經把兩者都扭曲變形了，使人跟社會都成為可厭的東西，那往日烏托邦論者所推崇的人為世界之勝利，那當代的人所勉強學習與追隨的世界結構，在他看來實際上是人的失敗。[36]

如此觀之，所謂烏托邦似乎距離李渝十分遙遠，反而接近大陸經歷過文革浩劫與農村下放，如李銳、鍾阿城、韓少功、王小波這些作家作品中戮力呈現的荒謬與集體瘋狂。我們由魯迅的「異鄉——返鄉人」，可以看見，身體作爲傷害、羞辱的凝視客體；「人吃人」的慘劇從未因改朝換代而停止。在國民黨初定台灣時期，它是冷戰結構下特務警察具備現代性監控技術的白色恐怖；在紅色中國，它退化成更巨大景觀的「附魔者」們，如阿城「三王」系列、韓少功《女女女》《爸爸爸》、李銳《無風之樹》、張賢亮《綠化樹》裏，那些集體瘋狂的地獄變場面。

做爲一個高度審美心靈與（左翼）人道主義的創作者，李渝和她的夫婿郭松棻，在保釣運動後，重回自我且尋找救贖之烏托邦。李渝在〈關河蕭索〉中，記述在紐約投宿於一位父親的故友「蔦叔」家，此一事和次日（一九七一年一月二十九日）將舉行的美東中國學生保釣運動，交織成回憶的雙股畫面：

> 年少時的我，在父親眾多往來的朋友中，大概只尊敬著蔦叔一人吧。父親是立法院屬下的一名官員，職位雖不頂高，家裏進出也有一批閒人，都是些語言無味，趨炎附勢的，把中國那套官僚行爲發揮得淋漓透徹，使少年的我痛恨著，這種痛恨幾乎

要把父親也包括了進去。他們可以無休止地翹著腳，喝茶聊天講風涼，說一些人心不古，今不勝昔，自己如何懷才不遇且又恭維對方如何高明的話。然而無論高明到何處去，結論無非是把四方桌扯開，把麻將打上。㊲

這裏面，蔦叔是唯一超然於這世界之外，不同流合污，不鄉愿，不陳腐的人。他在一班官僚眼中，是無用的文人，在少女李渝眼中，卻代表了「一名知識分子反對派」。小說中的蔦叔出國，到紐約一所大學中文圖書館當古籍館員。她的心裏這樣想：

爲什麼不可以呢？如果不願同流於這包圍著的令人窒息的官僚鄉愿封建保守庸碌腐敗社會，爲什麼不能去他地找尋或者建立一個新的王國呢？姑且就把它當作一種逃避也罷。㊳

在這段極罕見難得、近乎來自於一位現代主義美學實踐者，在保釣運動過遷的反思文字後，李渝寫到那個「釣運前夜」的一個如畫屏展開的，月光斜斜照進的六面長窗，舞台佈景一般地明亮、活動的六窗流水。

遠方又是什麼？我在想，然而在冷夜裏，數丈以外一切就消失了。黑暗將四周化溶得無端無涯，蒼茫而恍惚，無從分出天地物的界線來。只有眼前，或者更切實地說，只有這六方空間前的河水才是實存的。

東方之月端端正正，君臨天下，照在這段河水上面。三、四點的夜靜悄而喧嘩：靜悄的是沉沉睡去的人的世界，喧嘩的是夜光下的河水。在寂寞而不能睡的夜晚，蔦叔必定也常來到這窗前，看水流轉化爲無數幻境吧。它不再是紐約的一條河；它是淡水河，是黃河，是家鄉城外的河，或者更確切地說，是他王國裏的一條河，在星月的夜，唱著彼鄉的歌，安慰著流浪的心，我有點明白爲何蔦叔可以數年住在這異鄉的十五樓公寓而無所怨尤了。㊴

在天亮後，李渝反而以極簡短篇幅描寫那個歷史性的保釣遊行場面。第二個晚上，李渝重新站在前夜黑暗不見遠景的窗前：

雪後第一個靜夜，月亮清澈，和熙普照人間，**昨夜看不見的東西都能明白是什麼了。**

幢幢黑摸的建築原來是公寓樓，整整齊齊地排列著，面河的牆也一樣多窗。空曠的一片黑地原來是社區小公園。春天來時，一定是片綠草地吧。樹叢後面起伏著超級公路，無車的路面銀綢帶子一樣，在月光下延長。一輛駛出路面的地下車像條銀蛇，慢慢蠕動過高架軌道。再過去，曾經弄不清的蒼茫原來連接上了海洋。就是這樣遠，它的光輝也隱約可見。海的盡處正是夜最浪漫最纏綿的地方：沿著地平線，它從清純平整的一長條藍色開始，慢慢向上空泛延成深紫，溶入天庭成爲黛青，再回照在我窗前這黝線的水面上，清楚而肯定地完成了夜的爍爍之景：蔦叔放逐自己在兩種方地以外，終於在這臨河公寓的頂樓，建立了他的鄉園。[40]

幾乎可見李渝從〈江行初雪〉、〈踟躇之谷〉、〈賢明時代〉、〈和平時光〉、〈提夢〉〈巴布爾的花園〉諸篇小說，愈離開寫實主義定義下之醜惡現代性時空，愈往一畫面、山水、古代的「霧中風景」踟躇進入之謎。李渝在此提供了謎面！郭松棻、李渝諸人，在經歷保釣事件後的幻滅與痛苦，只怕比前輩諸人、民國初的五四知識分子更幽微複雜。他們不是黃錦樹所謂的「在他們停滯的，或被回撥的時間裏，『中體』成了烏托邦的領域」的文化遺民[41]、「傳統中國之體」的守祭壇人。他們是在國民黨高壓控制氛圍長大，在監控的恐怖中（同時也是中國現代史的橫斷空白中）閱讀魯迅、老舍、巴金等左翼作家作品，乃至馬克思主義著作禁書；他們更全面且幾乎無時差地接受西方現代主義、存在主義，伍士托等六〇年代反戰思潮的啓蒙。

我們或可猜測小說家在釣運過後，在對紅色祖國幻滅之後，徹底失去「形上原鄉」的痛苦過程，使李渝走向一個看似與清末遺老文人幾分類同，其實卻迥異的「美學的原鄉」——傷懷一個古老秩序，尚未分崩離析的靜美的前現代中國。她其實是在西方的「荒原」、「異鄉人」，卡夫卡變形成蟲的非人悲慘嚎叫中，重新堆造那個巴布爾花園、金絲猿的故事。

這一刻，余承堯的山水之境爲她小說裏那些被歷史暴力驚嚇而凍結住的、苦惱於找不到救贖可能的人物們，找到了一組故事的、神話的、詩的跳躍的至福時刻。這一刻，李渝從保釣之戰，重回她的藝術史美學之境；從〈踟躇之谷〉到《賢明時代》，重入小說的山水之境。如同懺悔得到寬諒，如同原本永恆放逐永恆漂泊的無主之魂，終於找到復活之路。李渝如下的這段話，或可爲本文做一結語。

十年後，在坐回常坐處，面對著熟悉的古人和圖畫，心中卻寧靜歡喜。而《江行初

雪圖》裏的，《富春山居圖》裏的那條河仍舊流著；在世上所有的瑣碎，所有的紛擾，所有的成敗中，有比它更永恆的麼？㊷

註

① 李渝：《夏日踟躕》（台北：麥田出版，二〇〇二年），頁八六—八七。

② 同上，頁八三。

③ 同上，頁八五。

④ 王德威語，「初讀李渝作品的讀者往往可能懾於她文字的沖淡，留下不食人間煙火的印象」；同文另段，論者比較李渝及夫婿郭松棻風格的不同：「相形之下，李渝的敘事和緩得多；無論題材如何聳動，溫靜如玉是她最終給予我們的印象。」，見〈序論：無岸之河的引渡者——李渝的小說美學〉，《夏日踟躕》（台北：麥田出版，二〇〇二年），頁一四、二四。

⑤ 參見李渝：〈繪畫是種不休止的介入〉，《族群意識與卓越風格：李渝美術評論文集》（台北：雄獅圖書股份有限公司，二〇〇一年），頁一〇〇—一一三。

⑥ 語見李渝：〈縱逸山水〉，《族群意識與卓越風格：李渝美術評論文集》（台北：雄獅圖書股份有限公司，二〇〇一年），頁一二一。

⑦ 參見廖玉蕙：〈生命裏的暫時停格〉——專訪郭松棻、李渝，《打開作家的瓶中稿——再訪捕蝶人》（台北：九歌出版社，二〇〇四年），頁一七四。

⑧ 關於畫家余承堯的生平，可參見林詮居所著，《余承堯——時潮外的巨擘》（台北：藝術家出版

社，二〇〇五年九月），及《隱士・才情・余承堯》（台北：雄獅圖書公司，一九九八年五月）二書。

⑨ 見林詮居：《隱士・才情・余承堯》（台北：雄獅圖書公司，一九九八年五月），頁六八。

⑩ 董思白：〈鐵甲與石齒的幻生〉，《當代》創刊號。

⑪ 李渝論余承堯，一起首就指出，余承堯從事山水畫有兩件事較特別：其一是五十六歲的年齡才開始，在此之前不曾有過專業訓練或經驗；再者，則是喜歡再三修改舊作，一張畫可以涵蓋三、四十年創作過程而仍不能算是畫成。她說：「面對這樣的畫家，不少研討題目都不易找出明白的局面。」是的，對於前者，若以素人畫家來理解，極「容易忽略了他在南管音樂、古籍、詩詞、書法等精緻文化項目上所顯現的複雜的『文人』背景」。面對後者，則必須重視畫家歷經數十年的不斷探索、追尋與突破自己的錯綜歷程。

⑫ 見林詮居：《隱士・才情・余承堯》（台北：雄獅圖書公司，一九九八年五月），四—二五跨頁附圖。

⑬ 余承堯，早自十多歲起，便養成寫詩的習慣，以詩寄情寫景，是他到新環境、歷風土人情，必做的功課。這深厚的古典詩詞涵養，在他開始作畫後，爲畫命名，更見相得益彰之功，由上文所舉數作，可以略見。林詮居《隱士》附圖二—二五，可見余氏隨手寫下的詩詞，積稿盈尺。李渝指

出余是在南管音樂、古籍、詩詞、書法等精緻文化項目中顯示出複雜的「文人」背景，亦由此可見。參看李渝：〈繪畫是種不休止的介入〉，《族群意識與卓越風格：李渝美術評論文集》（台北：雄獅圖書股份有限公司，二〇〇一年），頁一〇〇。

⑭ 李渝：〈繪畫是種不休止的介入〉，《族群意識與卓越風格：李渝美術評論文集》（台北：雄獅圖書股份有限公司，二〇〇一年），頁一〇二。

⑮ 李渝：〈縱逸山水〉，《族群意識與卓越風格：李渝美術評論文集》（台北：雄獅圖書股份有限公司，二〇〇一年），頁一一八。

⑯ 宗炳：〈畫山水序〉，上網日期：2006/10/4，http://ny.dahew.com/Article/gjsc/wjnb/200408/726.html。

⑰ 俞劍華注釋：《宣和畫譜》卷十一．山水二（江蘇美術出版社：二〇〇七年），頁二五八。

⑱ 同註⑭，頁一〇四。

⑲ 高居翰（James Cahill）著，李渝譯：《中國繪畫史》（台北：雄獅圖書股份公司，二〇〇六年五版），頁四一。

⑳ 同上，頁八三。

㉑ 見《中華百科全書》，美術谿字部，中國文化大學版權所有。上網日期：2006/10/5
http://living.pccu.edu.tw/chinese/data.asp?id=6518&htm=09-358-5422。

㉒李渝：〈江行初雪〉附錄，《應答的鄉岸》（台北：洪範書局，一九九九年），頁一五一——一五六。
㉓魯迅：〈在酒樓上〉，《徬徨》，收入《魯迅全集（第二卷）》（台北：谷風出版社，一九八〇年），頁二三。
㉔李渝：〈江行初雪〉，《應答的鄉岸》（台北：洪範書局，一九九九年），頁一二九。
㉕同上，頁一三三。
㉖同上，頁一四四——一四五。
㉗黃錦樹：〈詩，歷史病體與母性〉，《文與魂與體》（台北：麥田出版社，二〇〇六年），頁二五〇。
㉘同上，頁二五七。
㉙同上，頁二八六。
㉚李渝：〈她穿了一件水紅色的衣服〉，《溫州街的故事》（台北：洪範書店，一九九一年），頁四三——八六。
㉛李渝：〈梔子花〉，《金絲猿的故事》（台北：聯合文學出版社，二〇〇〇年），頁一五——八二。
㉜參見筆者：〈由「多重渡引」論李渝小說中的現代性與歷史書寫〉中「由死者之『不可能的哀

悼』，渡引至一個『多義的記憶』」，《二〇〇五海峽兩岸華文文學學術研討會論文集》（台北：中國現代文學學會出版，二〇〇五年），頁七六——八一。

㉝ 王德威：〈無岸之河的渡引者〉裏，提到「在所有人間世無岸的航程中，又有什麼能比郭松棻對李渝的渡引更爲幽遠深刻？……但細讀比較，我們可以看出郭松棻的世界充滿狂暴荒涼的因子，而在最非理性的時刻，一股抑鬱甚至頹廢的美感，竟然不請自來。相形之下，李渝的敘事和緩得多；無論題材如何聳動，溫靜如玉是她最終給予我們的印象」，《夏日踟躇》（台北：麥田出版，二〇〇二年），頁二四。

㉞ 李渝：〈江行初雪〉，《應答的鄉岸》（台北：洪範書局，一九九九年），頁一三五。

㉟ 包括喬治・歐威爾《一九八四》、赫胥黎《美麗新世界》、科斯特勒《渴望的年代》、吉奧吉渥的《第二十五小時》……，這些小說針對二十世紀某些建立於烏托邦幻術的革命狂潮或政治藍圖，（包括共產國際、納粹德國）提出疑慮嘲諷。甚至常在事先便出現預言的效果，譬如某些在一九二〇年代出版的小說中描述之極權國家，其中類似集中營的結構，著實令人驚恐，這些小說常是「反烏托邦」的。

㊱ 見凱特布（George Kateb）編，孟祥森譯：《現代人論烏托邦》（台北：聯經，一九八〇年），頁一一四——一一五。

㊲ 李渝：〈關河蕭索〉，《應答的鄉岸》（台北：洪範書局，一九九九年），頁一五九。

㊳ 同上，頁一六一——一六二。

㊴ 同上，頁一六四。

㊵ 同上，頁一六七。

㊶ 黃錦樹：〈論中體〉，以文化遺體，中國身體爲旨，對清末以後「中體」的被純精神化，有精闢論述。《文與魂與體》（台北：麥田出版社，二〇〇六年），頁一九三。

㊷ 小說家在寫完以任伯年爲題的博士論文後，重回柏克萊校園，重回圖書館閣樓，眺望校園中蜂擁的人潮，心如斯寧靜、歡喜地寫下這段話。李渝：〈將河流遠，《任伯年——清末的市民畫家》補記〉，收入《族群意識與卓越風格》（台北：雄獅圖書股份有限公司，二〇〇一年），頁一五七。

由「多重渡引」論李渝小說中的現代性與歷史書寫

從《溫州街的故事》到《賢明時代》

余承堯・《峻峭碧摩天》

一、一張凝止的「回憶照片」：從魯迅、高陽、李渝筆下的三個場景說起

我午餐本沒有飽，又沒有可以消遣的事情，便很自然的想到先前有一家很熟識的小酒樓，叫一石居的，算來離旅館並不遠。我於是立即鎖了房門，出街向那酒樓去。其實也無非想姑且逃避客中的無聊，並不專爲買醉。一石居是在的，狹小陰溼的店面和破舊的招牌都依舊；但從掌櫃以至堂倌卻已沒有一個熟人，我在這一石居中也完全成了生客。然而我終於跨上那走熟的屋角的扶梯去了，由此徑到小樓上。上面也依然是五張小板桌；獨有原是木櫺的後窗卻換嵌了玻璃。

——魯迅〈在酒樓上〉一九二四年①

在祭典中最花錢的是過年「供祖先」，規定是在二廳設祭席；依昭穆次序，懸掛彩色影像。明清的官服，絕不相同，一望而知；但命婦則沒有太大的區別，因爲清兵入關，「男降女不降」，清朝命婦依舊鳳冠霞帔，只是明朝婦女額上的瀏海，樣子怪怪的，爲我留下了比較深刻的印象。

過年「供祖先」，自除夕至人日，每晚拜供，以後是上燈、元宵、十七各一次；次

日便收起神像、結束祭典。……唯一的例外是元宵，這晚上祭祀終了，照例要放花筒，又稱煙花；火樹銀花，璀璨綺麗，孩子沒有一個不迷的，只是繁華轉眼成空，想到正月十八收起神像，壁上空落落地，一片淒清寂寞，心頭總有一絲難以言宣的空虛。

——高陽〈「橫橋吟館」圖憶〉②

背景上，也許白先勇遇到的和我遇到的，有時候是有些相似之處。因爲溫州街那條巷子，眞的是臥虎藏龍！雖然到了台灣之後，身影好像都消失了。其實，你要回去追索四〇、三〇年代，他們都是有聲有色的人物。我的父親是台大教授，家裏的交往，當時的我是沒有意識到的，有時候我父親跟我媽媽談的那些人物，我也就是過年就忘記了。因爲在台灣不能讀到有關白色恐怖的資料，我去到美國以後，重新開始接觸中國近代史，突然發現這裏、那裏的名字根本就是我家飯桌上常常被提到的。原來我家飯桌上進行的就是中國近代史，就是這麼回事。……胡適的太太要打麻將，他們家離我們家很近……張道藩來看蔣碧薇。對我來說是很震撼的，因爲在歷史上寫得那麼轟轟動動，在我家只是廚房陰暗的燈下一個飯桌上那麼隨口談起來的名字，然後，這時候，我再回想，溫州街就變得光輝燦爛，好像所有的故事都在這裏。」

——〈生命裏的停格〉小說家郭松棻、李渝訪談錄③

周蕾曾在〈愛（人的）女人——被虐狂、狂想和母親的理想化〉中，以林紓和王壽昌合譯《茶花女》時，兩人經常爲某些情節大哭起來之逸事，作爲理解中國現代文學的強烈感傷情緒化之線索：嘗試發覺出這種感覺背後的文化基礎（「西化」未必涉及主題或形式，卻怎樣仍可影響現代中國寫作所勾起的情緒效應，其中包括痛苦、挫折、失望以及解脫）。周蕾以「被虐狂及虐人狂」之弗洛依德式論述，討論了包括蕭紅、郁達夫、許地山、巴金諸人小說中，夾纏於戀母情結、亂倫禁忌下，對於「受苦難之女人」的同情與痛苦，身分認同與欲望交匯。文中周蕾引述了萊蘭切．迪里茲幾段關於「戀物癖」理論的討論：

弗洛依德的戀物癖概念，其實暗指人因爲要補償害怕會失去自己一些什麼，而生出來的「控制」他人之心。相反，迪里茲的戀物癖理論則認爲這是一種對他人深情的奉獻。④

迪里茲視「作爲戀物的女人」其實與原始人所拜服的符咒一樣，同樣具有遠古的超自然潛能。⑤

然而，當我們一旦採納了迪里茲對弗洛依德有關戀物癖的修訂後，便會立時遇上一個問題。這種迪里茲所倡議的戀物癖美學要求戀物「靜止又不動」。他指出，被戀物是「凝固了，被捕捉了的兩度空間影像，是一張經常在心理冒險時遇到危險或受傷害時，用作驅魔的照片……」⑥

這段話，對照本文正文前所引三段場景，作爲那「固定不變」，凝固成一張「需要現實暫停」、「需要享受耽擱」、「遇到危險或受傷害時用作驅魔」的照片，在中國現代小說啓蒙（或日西化）時刻所作爲大背景的歷史體驗，往往是在一鋪天蓋地的革命戰爭、屠殺、白色恐怖之「歷史震驚」（譬如魯迅在日本觀看中國人圍觀中國人被砍頭之幻燈片）或「所有眼前人事景物皆會變動破壞之預感」（譬如張愛玲說：「時代是倉卒的，已經在破壞中，還有更大的破壞要來。有一天我們的文明，不論是昇華還是浮華，都要成爲過去。如果我最常用的字是『荒涼』，那是因爲思想背景裏有這惘惘的威脅。」）[7]那個作爲「被戀物」的「回憶照片」，往往不止是一張照片，而是一個場所：在魯迅那裏，是重回故鄉的酒樓場景；在沈從文那裏，或是時光恆久靜止，抒情又暴力的湘西風景；在張愛玲那裏，早年或是電車封鎖的上海城市的光暫停之夢，晚年則遁隱至《對照記》的家族相簿冊；在高陽那裏，則是杭州橫橋的老宅高院。

這個「場所」，在李渝的小說裏，前期我們可以將之想像性座標圈劃在台北市的一條街（《溫州街的故事》），一如她在訪談中所說：「轟轟動動的歷史，在我家只是廚房陰暗的燈下一個飯桌上那麼隨口談起來的名字。」這條街，某部分像是班雅明的《單行道》之題詞：「……以她的名字命名，她作爲工程師，在作者心中打通了這條街。」[8]既是「追憶逝水年華」式的，色彩、氣味、聲音和光線種種細微敏感之經驗的招魂；一種近乎「記憶的工作」在回憶中重描「歷史發生時刻」的細節之物，近乎法國新小說的將欲念、恐懼、嫉妒、憂傷滲透至破碎，作爲場景佈置的客體物件，以穿過班雅明所謂的歷史的「無物之陣」，尋找那個永恆失落的家園。但是到了晚期（以《賢明時代》爲代表），這個對於物件、物件瑣碎之知識百科之迷戀，使李渝的「驅魔照片」及其說故事人之角色，引渡至一愈脫離現代史時刻的「歷史小說」場景（武則天的年代、戰國時代、巴布爾時代），那似乎已進入了王德威先生所說「以審美的有情的視野，打開人間死角，遙擬理想國度」[9]之審美（包含著對美術古物的知識考據歡愉）烏托邦。

二、「多重渡引觀點」的實踐：從《溫州街的故事》開始

李渝小說由《溫州街的故事》以降，《夏日踟躇》、《金絲猿的故事》、以至《賢明時代》；是如何以一「戀物癖」的靜物觀微素描，以窺其現代主義的意識核心，並合理化其「歷史素材」選擇的巨大時空跳躍，返回一個說故事人不可能經驗過的古代虛構場景？其作爲「懷舊場景」之構造，不管是年代已經湮滅的台北城小街、川西的金絲猿傳說出沒之境，或是想像、擬造自某一幅出土古墓壁畫或某幾行史書記載所推展出的龐大繽紛充滿物件細節之劇場，這其中裏覆交織，藏匿其中的，是小說家什麼樣的「心靈史」？

李渝的《溫州街的故事》內收七個短篇小說，其中以〈煙花〉一篇創作時間最早（一九八三年），然有關之學術討論卻相當罕少（相較於其所置放之「現代主義」系譜的王文興、七等生、陳映眞；或同時的女性作家群李昂、施叔青、蕭颯、平路、蘇偉貞、

袁瓊瓊；乃至晚她一個世代，然同樣以「細節政治」覆寫城市記憶的朱天文、朱天心姊妹……，《溫州街的故事》無論藝術高度或形式之原創皆驚人地成熟，和其先生郭松棻的小說一般，是一本「過早出現」卻過晚被注意、理解的傑作）。這七篇小說曾先後被收錄於不同類別的選集，其中所透露之「想像類型」，大約可分為：「政治小說」（《二二八小說選》：前衛）、「族群小說」（《戰後的黃埔》：麥田）、「成長小說」（《台灣成長小說選》：二魚）、「女性小說」（《眾裏尋她——台灣女性小說縱論》：麥田），……這樣的「選集式」解讀位置所分散的諸多切面（包括政治、歷史、性別、族群認同、城市記憶）恰可將《溫州街的故事》標畫出一可能的「想像地圖」——類似福克納的南方小說、馬奎斯《百年孤寂》的馬康多，李永平的《吉陵春秋》，或大陸新時期小說家群如莫言的高密東北鄉、韓少功的馬橋、賈平凹的廢都……那樣一個小說題材與人物傳奇，流言蜚語的封閉沃土——「溫州街」既是本文前述之「凝固照片」；亦是鄉愁進行重播的記憶草圖；更是小說家敘事時納藏了狂歡、暴力、羅曼史、政治反思的異次元場域。

小說的背景大抵是民國五、六〇年代的台北城溫州街，然而各篇中主要角色之意識流、或夢境、或回憶則自由穿梭回更早之前的戰爭年代或場景（包括二二八、包括民國三十八年前後的大逃亡、包括三〇年代發生於上海的清共整肅），不過，以民國五、六〇年代台北小街作爲一寫實時空是確定的，李渝同時調度著那個「少女年代從父母餐桌閒聊聽見的左鄰右舍之『現代史人物誌』」，以及這些小說背後關懷的「圖中之七」：「一個白色恐怖的年代」。光暈影搖，看似平和寧靜，光天化日下無新鮮事的小女孩日常漫遊，背後卻藏著大人臉色警覺憂懼、壓抑聲調，看不見、摸不著，藏在空氣中的政治暴力。

> 黃昏的悶熱開始氤聚，沒有流動的空氣。獨白遲疑著，斷碎了，一句句，飄浮在逐漸徘徊的晚光裏。
>
> 遙遠的巷底敲起餛飩的梆子。托，托。木棍單調地擊著。托，托。從牆外墮入四人寂坐的空間。
>
> 黑暗從四角侵爬過來，蠕動身軀，吞蝕了客室。
>
> 喝點茶吧。暗中的母親像是突然掙扎出來。
>
> 都反應似地趨身向前，從矮桌上拿起杯子。
>
> 陸續再放下時，杯底零落碰擊到桌面，發出叮叮的脆碎的聲音。
>
> 沒有人開燈。婦人的身廓已經朦朧。襯托了室外的迴照，一張靜肅的半身像，強

調背光的緣故，失去了身前所有可以觸摸的細節。

籬牆上的蔦蘿攀爬在鬱黃的背景裏，蕊心倒特別地紅艷出來。有一群麻雀嘈咭飛過天空。

這時候，婦人突然站起，雙手緊抓皮包，往前走了兩步，在父親的跟前跪下了。

女兒朔地也立直了身子。

——〈菩提樹〉⑩

門推開，穿著藏青色外套的男子走進來。獨自一個人，坐下在角落的桌旁。縮著肩，從嘴裏呼出一口暖氣，搓著手掌心。

她用漏勺量了一分麵，伸進冒著細沫的湯鍋。

從小櫃裏的瓷碟撥出一點蔥花，撒在整齊排列的肉片上，熱騰騰地放到桌面。

他抬起頭，微笑接過碗，移到自己跟前。把椅子往前挪了挪，從竹筒揀出一雙筷子。

已經沒有車輛經過門外，只有筷子偶然碰到碗邊，和索索吃麵的聲音。半條尾的一隻小壁虎，從櫃後溜出來，靜靜趴在牆的邊緣。

側面倒是有點像呢。

這樣突然回來，假裝客人似地叫碗麵，慢慢地吃，讓自己慢慢地發現，給自己一個驚喜，也未必是不可能的。

——〈夜琴〉[11]

一手輕按著這邊，一手慢慢往下行走，母親的手最靈巧，從不讓齒刮著頭皮絞著頭髮。這麼黑這麼亮，哪家女兒比得上，母親說。梳子在髮上無聲地滑行。屋裏靜悄悄地，腳前的地面疊印著重複的淡金色的米字窗花。竹影在花影裏搖晃著搖晃著。梳齒滑行，彷彿飄散著某種枝葉的清香，當手指在頰旁撩動的時際。從街巷某處傳來遙遠的同伴們的嬉戲聲。唱起一首無調的歌，母親用細尖的嗓音，依稀是三月三裏杏花兒開呀，卿騎白馬門前兒來呀的詞句，像個小女孩子。

阿玉，阿玉。

別喚了奶奶，要遲到了。

阿玉阿玉，妳又忘了把週記簿子放到書包裏去了。

迎著七時多的陽光，匆匆跳上車，騎出巷子。車輪在身後拉出長長的影子。經過皀角花的牆沿，風掠起兩鬢的細髮，露出小小的白臉。轉彎地方抬起頭，看見陽台還是一片陰涼，那位老婦人獨自坐在欄杆後邊，描著眉，點著胭脂，盛妝在一件水紅色的長衣中。

——〈她穿了一件水紅色的衣服〉⑿

電影蒙太奇剪接的畫面，單行分句，一句描述即快閃一個特寫：細物、光景、人物細微的情緒，或看似無心的一句對白，甚至畫外音、遠近視距的換焦……造成一種景物繁複紛亂、感官爆炸、細節充滿的環繞劇場。評論者常用「如詩的構句」形容李渝的文字，其實這亦是她的作品被歸爲「現代主義小說」之證據。〈菩提樹〉這篇小說大抵是透過小女孩「阿玉」的視角，不介入價值批判地運鏡旁觀著，在台大教書的父親及一位本省籍青年學生之間的互動。小女孩送便當到父親研究室時穿過的台大校園；在家裏客廳父母招待青年學生的，師生之間對近代史、時局的知識分子對談；父親對學生的惜才之情；小女孩微妙的情愫……小說的高潮在於學生在一天晚上被幾名特務從學校研究室帶走，青年的母親和妹妹來溫州街的宿舍求父親「想辦法」的一幕。

〈夜琴〉則是一個親人離散與等待的故事。全文用類似「閨怨」之類的女性心理，以一位丈夫可能在白色恐怖中被「兩個土黃色中山裝」帶走，從此一去不回的外省女人，意識流地回憶著二二八時的恐懼、人影幢幢，以及孤身在這街上靜蟄等待的景況（自己頂一個麵攤，並參與教會活動）。結尾如前所引，女人在思念的恍惚中，有一瞬把一位不相干的吃麵客人想像成久別回來的丈夫，後來客人離開，又回歸獨自一人的空寂。李渝用這樣一段文字收尾：「黑暗的水源路，從底端吹來水的涼意。聽說在十多年以前，那原是槍斃人的地方。」[13]

〈她穿了一件水紅色的衣服〉則是這系列意識流書寫的極致，以「你」爲敘事人，展開一個女人回憶魅影般的過往歲月：一段「大時代」的愛情故事（年輕的女學生愛上了提琴老師，離家出走和老師私奔去了外國。後來小提琴家意外死亡，女學生又和他們共同的一位好友——身居高職又有家室的政治家——展開了一場壓抑，不敢公開的戀情），戰爭爆發，轟炸、逃難、淪陷、生離死別……在這樣以近代史圖畫卷軸爲背景的「追憶逝水年華」，讀者慢慢理解，這個「回憶的女人」已是一個暮年時光，待在溫州街官邸裏的，將軍的姨太太。時光靜止在官太太們圍坐打麻將的牌桌上。小說結尾，鏡頭切換，老婦跌入少女時光第一次愛戀上提琴老師的那天早晨的回憶細節場景，旋又被孫女的叫喚打斷，鏡頭拉回，我們才恍然大悟，這個女人即是這本小說中作爲「故事引導人」、

「漫遊者」，小女孩阿玉的祖母。

如此複雜的敘事技巧：鏡頭的調度、回憶中的回憶、濃縮的時間，景框中另闢天地拉出不同時空之景。李渝曾在〈無岸之河〉這篇小說的開頭，借《紅樓夢》第三十六回，寶玉在屋外旁觀賈薔與齡官這一對苦悶不自由的年輕戀人，爲著放或不放鳥籠中的一隻雀，「佯怒似嗔，以退爲進」（王德威語）的廝纏折磨；以及沈從文小說〈三個男人和一個女人〉中，輾轉說出一段艷異奇聳，殘虐又哀美的愛情故事，李渝說：

小說家佈置多重機關，設下幾道渡口，拉長視的距離，讀者的我們要由他帶領進入人物，再由人物經過構圖框格般的門或窗，看進如同進行在鏡頭內或舞台上的活動，這麼長距離的，有意地「觀看」過去，普通的變得不普通，寫實的變得不寫實，遙遠又奇異的氣氛出現了。[14]

這裏，李渝將之稱爲「**多重渡引觀點**」[15]，意即：

頻頻更換敘述著，綿延視距，讀者的我們經過小說家，經過「我」，再經過號兵，聽到一則傳言，而傳言又再引出傳言，步步接引虛實更迭，之後，像小說家自己所說的，日常終究離去了猥瑣，「轉成神奇」。⑯

李渝在這篇小說〈無岸之河〉中，接著便示範起這種「多重渡引」的敘事技法：故事從「我」某天黃昏在一間酒店大廳巧遇一位衣著講究的女士，被她帶領進一間安靜隱蔽的廳房，闖入一群儼然是上流社會貴婦的聚會，其中的女主角是一位國際音樂界頗具名氣的女歌唱家。敘事不疾不徐地描繪著餐桌上一道一道精緻昂貴，讓人目眩神迷的美食佳餚，然後才帶入女歌唱家對著一桌姐妹淘講起兩段故事：「新生南路中間曾有一條瑠公圳」、「鶴的意志」。前者是一位大家庭出身的男孩和一位修士之間，模糊於師生、同性戀、友情或心靈邊界的情感。背景則是城市的現代化發展，人的失落與對舊昔時光的眷懷。後者則簡短白描了一對住在公寓裏的父女，女孩整天站在陽台上看著沼地上的一隻鶴。

李渝在小說中借「我」之口說：

由兩位人士接續引渡，把我由飯店嘈亂的前廳帶入寧靜又秩序的宴室，由一個故事又進另一個故事，日後總令我覺得有點蹊蹺。如同引前一場蜕變，這一路程把普通的飯局扭轉成小說的情節，現實醞生出幻象，日常演化成傳奇，不由得使我記起了前邊提到的「雙重渡引觀點」來。⑰

事實上，這個「多重渡引觀點」的複式時空、「多重機關」、「幾道渡口」，運鏡遞換的「觀看」方式，或是「傳言再引出傳言」、「步步接引虛實更迭」的小說技巧。王德威甚至將它稱爲李渝小說的「一種美學」，而此一書寫技法，自《溫州街的故事》開始，即已存李渝作品中，迭經《應答的鄉岸》、《金絲猿的故事》，一直到《賢明時代》，一路貫穿著她的小說文本，愈後期愈細緻複雜，而竟成爲一封閉的虛構迷宮。由下，我們可以看見李渝是如何將這種「多重渡引」內向化，美學（耽美）化，純粹化乃至徹底擺脫寫實主義岸界，而趨往一純粹的國度。

「多重渡引」，是如何由一小說技法延伸成一種勘微李渝小說中的曲折祕徑之剖面方法？

（1）記憶的多重渡引→渡引什麼？

（2）小宇宙

（3）歷史的多重渡引→現代主義？左派？現代性

在此，「多重渡引」的意象，不免讓我們聯想到班雅明在《單行道》一書，其中一個小章節的標題：「全景幻燈」。在中文版註解中有如下一段說明：

全景幻燈（kaiserpanorama）是由「黃帝」和「全景」兩個字組成，是十九世紀德國人奧古斯特・弗爾曼發明的可以二十五人同時觀看幻燈片的環形幻燈屋。它像一個巨大的圓筒，高二・四米，直徑三・四米。圓筒周圍開二十五對小窗口，窗口裏面有一對立體鏡，像望遠鏡的兩個鏡頭。透過立體鏡，可以看見玻璃上的照片或者畫片。畫片通過齒輪機械裝置控制，從立體鏡前面經過。窗口前面有座椅，觀眾可以舒適地坐著看裏面的畫片。因爲在任何位置都能看到裏面的全部連環畫面，故稱之爲全景幻燈。⑱

班雅明自己亦在《柏林童年》中有詳細描述：「在全景幻燈屋會覺得風景畫有一種很強的吸引力，無論從哪一幅畫開始觀看都無關緊要，因爲面前帶有座位的畫壁是環形的，所以每一幅都會從所有的座位前面經過，從座位上透過一對小視窗可以看見畫面上塗著淡淡色彩的遠方。」⑲

班雅明以「全景幻燈」這個充滿視覺暗示的詞，作爲他在一九二〇年代末對第一次世界大戰後德國社會深刻觀察之結果，某部分亦呼應著「單行道」這個空間修辭所暗含的對「現代」之巨大批判，以及對「詩意」的被「進步」之幻念風暴殘害的人類文明或歷史物性。班雅明最經典的一則寓言，即是引德國藝術家保羅・克利（Paul Klee）的一幅畫《天使》來描述「歷史」在現代性之浩劫中的悲涼景觀。

> 他凝視著前方，他的嘴微張，他的翅膀張開了。……他的臉朝著過去。在我們認爲是一連串事件的地方，他看到的是一場單一的災難。這場災難堆積著屍骸，將它們拋棄在他的面前。天使想停下來喚醒死者，把破碎的世界修補完整。可是從天空吹來了一陣風暴，它猛烈地吹擊著天使的翅膀，以致他再也無法把它們收攏。這風暴無可抗拒地把天使颳向他背對著的未來，而他面前的殘垣斷壁卻越堆越高直逼天際。這場風暴就是我們所稱的進步。」⑳

這裏隱約切分兩個對峙、分裂的世界：「受創的過去」以及「像風暴一般的未來」。班雅明始終在他的歷史哲學或隨筆文論毫不遮掩對後者的疑慮和批判，譬如他在〈經驗與貧乏〉中，強力批判現代藝術乃至現代精神的貧乏無教養——「在大城市街道上游蕩，撿著會成爲美術品的垃圾。」[21]而對於修補破碎世界的天使，在他對於普魯斯特的讚揚裏，他提到普魯斯特「那些不由自主的回憶其實充滿偶然性，不過是對誘發回憶的事物的檢驗。眞正留在這些回憶中的只是那些從未體驗過的東西。普魯斯特對永恆的體驗既不是柏拉圖式的，也不是烏托邦式的，而是心醉神迷的，是對原初的，初戀的幸福的永恆的修復。」[22]

三、由死者之「不可能的哀悼」，渡引至一個「多義的記憶」

我們幾乎可以把以上這段引句用來描述李渝的《溫州街的故事》。那是一個穿越過民國五、六〇年代台北城市的「全景幻燈」：政治時空上，正處於白色恐怖將一切五四以來人文精神、文化批判蓬勃活力徹底壓制、凍結，知識分子噤若寒蟬的眞空時期；冷戰、城市化經驗隨著戒嚴政府控管後「消毒」的西方流行文化引進，一個新移民社群（一九四九年隨國民黨政府撤退來台的軍公教人員）的縮影在這條街上呈現。我們可以這樣提問：「多重渡引」除了是「小說家佈置的多重機關」外，在《溫州街的故事》之中，還可能是「什麼的渡引」，答案也許昭然若揭：記憶的渡引。（受創的）歷史碎片的修補，在說故事人的敘事執念和近於繪畫的美學觀照中，一種從河流般洶湧流逝的「全體時代」線性時間抽離出來的，「個人的時間」：

一個靜止的畫面——這靜止的一截，就是因個別的意願，從流動的整局中截出個人的時間。對時間整體來說，它是不影響大局的暫時停止，對個人來說，它具備了特殊的意義；它是一個乍現的思索，一個懷想，一節夢戀，使人不禁停步要再看；一片過去的生活，記憶閃過，使人心中湧出惦念，流連。[23]

個人的時間取代了時代、眾人、全體的歷史，「一片過去的生活」濃縮了我們對某一個逝去時代那近乎不可能呈現的全幅景觀想像，這本是小說——或班雅明所謂「近代初期興起的小說：敘事力量使得說故事人一點一點走出活生生的話語，最終只侷限於文學之中」的神祕魔力與宿命[24]。班雅明說：「小說家對回憶的繼承，很少不帶有深層的憂鬱。」[25]後期資本主義現代性時刻的出現，使小說家從農民、水手、市民這些「手工藝性質」的敘事者身上篡奪了說故事專業人的地位，更早的時候，說故事人的權威是在「死者」手中，班雅明說：「就好像在那瀕死之人眼前，一生中的種種形象一一流轉而過，在他的表情姿態和眼神中，也突然展現出『不可遺忘者』（l' Inoubliable），這使得臨死之人，即使他是個最可憐的惡棍，也對其本人的一生，具有任何一位生者都不能擁有的權威。這權威便是敘事之源。」[26]

「說故事人的渡引」到「死者的渡引」。李渝的整本《溫州街的故事》，以及她其後所有的小說，皆可順著這個複雜的編織網絡摸索到那個渡引的源頭。副題爲「一個愛情故事」的〈夜煦〉，藉著一位活在每天充斥報章各式新聞報導、各種政治流言、名人八卦、科學新知的話語洪流的「我」，在不斷句逗、類似電報體的「事件垃圾」中，暗花描影地側寫了一對戀人，一個女伶（丈夫是一位大她三、四十歲的國民黨將軍）和一位可能是共產特務的胡琴師，相偕逃往中國大陸。小說的結尾是四十年後「我」在另一個場合，目睹了故事中的名伶和胡琴師（已是兩個老人），在掌聲如潮水的演唱會的一次演出。李渝這麼形容老去的名伶的歌聲：

> ……你不由得清醒過來坐直身子由它帶領，全心全意追隨一刻也不能放棄，從陰

沉晦黯的焦土進入繁花甜雨的世界。

你簡直不能相信這樣柔美的少女的聲音是出自一位老婦人的口中。

弦始終在陪伴著，幾個地方若即若離幾個地方趨近幾個地方完全分開一段時光又在某處相遇，相附又相依，低迴慰帖廝磨纏連，再也不分離。[21]

這樣的女伶形象，謎一樣的年輕女人，私奔、投匪、嫁給年紀大她許多的老將軍。在李渝之後的諸篇小說反覆變貌，一再出現，如前所述，在〈她穿了一件水紅色的衣服〉裏，傳奇的青春少女主角成了阿玉的老奶奶，敘事在憑悼往昔的意識流和「現在的溫州街」，在紀錄片式的大時代的戰爭逃亡記事和女性書寫的心理細微變化之交錯中進行。這個年輕女人的形象到了長篇《金絲猿的故事》裏，則發展成一位老將軍的續弦，後來竟和將軍的長子私奔這麼一個淒美的抑悒的故事。我們可以看出李渝多麼著迷於藉由這老將軍（權柄的擁有者、現實俗世財產地位的確定、極高的美學教養與品味，但同時是被自己一生記憶所纏擾，以及窺見死亡之祕密的老人）——年輕妻子（不快樂、壓抑的青春身體、心不在焉、恍惚的女生特質）——妻子的年輕戀人之三角關係所延展而出的人性劇場，時光之慨，個人在大時代風暴中的不幸或追求心靈自由的姿態。以及她所深諳的，德里達（Jacques Derrida）所說的「多義的記憶」。

德里達在《多義的記憶——為保羅・德曼而作》，提到「不可能的哀悼」：

過去從來不可能現時地存在，從來不可能在場，就像馬拉美說及現在時所言：「現在不存在。」對現在之所謂先前在場的引證，那就是記憶，是所有的寓意的根源。如果過去完全不存在，那麼死亡也不存在，而只存在哀悼這又一個寓意，以及所有關於死亡的象徵。[28]

一如李渝在引證「多重渡引」概念時所舉的沈從文小說〈三個男人和一個女人〉，其情節即為環繞著一具屍體所發展的淒美故事；《溫州街的故事》中每一個短篇小說的後面，亦皆藏閃著一個死者（一具受難的屍體，或者是抽象的死亡——哀莫大於心死，或在時代悲劇中虛懸一生的老人）。它們同時是「不可能的哀悼」。譬如〈傷癒的手，飛起來〉裏，阿玉的父親母親由一疊照片及一幅油畫，回憶起大陸時期作共黨地下黨員的一位「老三」（父親的三弟），藉由這個時光停止在青年時期的親人肖像（「一、二十年了，不知道還活著不活著，父親說。」），記憶這個充滿理想之青年在國共鬥爭，乃至分隔兩岸時期，無論怎樣的選擇，終究會成爲兩邊各自政治風暴的犧牲品；〈夜琴〉裏，婦人等了數十年始終沒回來的，被捲入白色恐怖冤案而失蹤的丈夫；〈菩提樹〉裏那個阿玉父親的本省籍菁英青年學生；〈朵雲〉裏那個曾寫過中國第一本歐洲文藝復興史的「老夏」，啓蒙少女阿玉看魯迅〈故鄉〉的老教授……

可知道，父親的聲音，中國第一本歐洲文藝復興史，誰寫的——

——老夏呢。二十幾歲呢。

——誰不二十幾？張教授說。

一車車給拉走的，連麻袋都來不及蓋的，也都二十幾呢。㉙

由死者之「不可能的哀悼」，渡引至一個「多義的記憶」——少女阿玉的記憶、老奶奶的記憶、父親母親的記憶、白色恐懼未亡人的記憶、老將軍的記憶、女伶和老琴師的記憶、閱讀報刊新聞的記憶，以及現代史編年紀事沒有寫實主義式細節的記憶——最後終於渡引至一個班雅明所說的：「歷史的流程萎縮乾枯，變成空間的場域」，歷史成爲個人的記憶史之集束，變成一條街（溫州街）裏，逆反於「轟轟烈烈的現代史」的流光掠影，印象畫派式之素描、家庭餐桌或麻將桌上的閒聊八卦。

四、普魯斯特《追憶似水年華》式的「多重渡引」

李渝的「歷史的多重渡引」，甚至與大陸文革後小說所謂的「新歷史主義小說」大異其趣；王斑在〈創傷基調的革命後歷史：本雅明的啓示〉裏，借用班雅明《論德國悲劇的起源》中所謂「觀者面對的是歷史的骷髏、是風化枯朽的、地老天荒的頹敗風景線。歷史的發展意味著死亡、荒原、敗壞、沉淪。」[30]以及分析魯迅以降文學作品中「中國現代性的破壞與震驚」亦有所區別[31]。李渝對於這些往昔事物、逝去時光的個人記憶，皆帶著普魯斯特式的「心醉神迷」。一種近似賈寶玉在旁觀齡官與賈薔之戀人絮語時刻的靈光一閃與美學昇華。

李渝曾在〈抖抖擻擻過日子——夏志清教授和《中國現代小說史》〉中，高度評價夏志清「將沈從文與福克納同列」這件事：

夏先生認爲沈從文的重要性，不在他的批評文字和諷刺作品，不在他的淳樸，不是他對人類精神價值的確定，而是他「豐富的想像力和對藝術的誠摯」，這可說是一語中的，點到了文學品質的關鍵。……夏先生說：「沈從文並不是一個一切唯原始是尚的人，更不是一個情感用事，好迷戀過去，盲目拒絕新潮流的作家。雖然他有些作品是可以稱爲牧歌型的。但綜觀其小說文體，不但寫到社會各方面，而且對當時形勢的認識，也非常深入透徹。他的作品顯露著一種堅強的意念，那就是，除非我們保持著一些對人生的虔誠態度和信念，否則中國人——或推而廣之，全人類——都會逐漸的變得野蠻起來。因此，沈從文的田園氣息，在道德意識來說，其對現代人處境關注之情，是與華滋華斯、葉慈和福克納等西方作家一樣迫切的。」㉜

不論王德威擬比的〈一個女子和三個男人的故事〉，或是夏志清盛讚以爲如福克納《八月之光》中的Lena Grove——沈從文〈蕭蕭〉裏的蕭蕭，李渝在文章中皆不掩其對沈從文〈靜〉這篇小說之推崇喜歡：

〈靜〉寫的是一個十四歲的小女孩岳岷，和母親、嫂嫂……。小說以這樣震撼人的句子結束：「日影斜斜的，把屋角同曬樓柱頭的影子，映到天井角上，恰恰如另外一個地方，豎立在她們所等候的那個爸爸墳上一面紙製的旗幟。」[33]

詹明信（F. Jameson）在《後現代主義與文化理論》，曾引梵谷的畫作《農民鞋》，討論現代主義藝術作品的象徵性含義。他提到海德格所謂：「藝術作品來自於『世界』和『土地』之間的空隙，或者說是裂縫。」[34]詹明信將「世界」解釋爲「歷史」，「土地」解釋爲「物質」——「藝術作品所做的就是歷史與物質之間的張力」。他說，梵谷的這兩雙鞋子，主人已不在場，但因爲這位農婦與土地的任何接觸，她身體受到各種摧殘，她的艱辛和痛苦，都一無遺漏地表現在這幅畫上，這雙鞋裏：

> 正是藝術作品通過其自身揭示出所有不在場的世界和土地，表現出農婦那滯重的腳步，田野上小徑的孤寂和林間空地的茅屋，還有田壟裏和壁爐旁那種磨蝕而破爛的勞動工具。[35]

他又說：

> 在工業化社會中，個人受到摧毀的表現就是欲望得不到滿足，正因爲有這種摧毀人的社會，便普遍地存在著烏托邦式的對整個世界的幻想性改變。梵谷作品中的色彩就是烏托邦式的……特別是強烈的油畫顏料的質感，更使人感到一種改變世界的急切欲望。……是一種補償，創造出一個屬於感官的烏托邦式新世界。[36]

李渝小說美學中的現代主義傾向，與其六〇年代末赴美，與作家先生郭松棻加入保釣運動的「民族主義——社會主義」理想，其實是悖反對立的，但卻能並存於同一創作者之主體實踐，這點王德威先生在〈無岸之河的渡引者〉中有極精彩詳盡之分析——「詭祕的結合」[37]——本處不作贅述。不可忽視的是李渝小說中，那近乎詹明信所說的「烏托邦式的補償與幻想性改變」，那種現代主義式的，對「物質」與「歷史」之間裂縫的精神性救贖之著迷。

五、用細節描寫縫綴「歷史真相的破片」與「那個曾經文明的時代場景」

在《溫州街的故事》諸篇作品中，已可略窺李渝在處理「被歷史傷害的人」之時，常將敘事延擱在諸如小女孩的便當菜色，暮年女子聚會餐桌上菜餚的精緻廚藝之不厭細節的描寫；到了《金絲猿的故事》，這種對於「文明盛景」的講究與排場，更是她描寫那一屋子苦悶壓抑、困在歷史流沙坑裏諸人時，用以對比這些人物的苦悶、創傷、被剝奪、失落形成色調、氛圍極大落差的「物」的光輝書寫狂歡。

傳來燉雞湯的香味。

就由這香味帶領，妳來到廚房的門前，推開門，暖氣迎面撲上臉，熱騰騰的。黃媽媽在水槽邊洗菜，任豐彎著背，一手掀著鍋蓋一手拿勺攪著鍋，白色的霧氣順著攪動的手勢從鍋裏冒出來，往上翻捲，迷茫了視線。

蔥韭的香味，薑蒜的香味，酒，米醋，麻油，香茅，八角，和花椒的香味，紅棗，黃芪，白果，肉桂，蓮子，豆蔻，茴香的香味，金鈎，金針，木耳，蘑菇，江

瑤柱，松子，薏仁，杏仁的香味。從鍋裏伸出來霧白色的手臂，翻捲著上升，黃昏從窗外伸進來金黃色的手臂迎接和歡纏。㊳

醉樂園最後擬定了的菜譜是甚麼呢？啊，這麼的豐盛鮮美，我們不得不把它寫在下邊。

先是道美輪美奐的冷盤：遍地錦，接著熱氣騰騰的端上各種肉、蔬類的精炒：龍鳳朝祥、羅漢迭寶、八仙進壽、然後是色香撩亂的燴煲類：金鈎霞輝、百花盅，再有素食的極品：金栗銀芽、春筝報喜，然後是滇蜀珍產：菌蕈富貴、松茸如意、蘑菇獻壽。一道吉魚安福壓軸，配著香噴噴的玉炊香梗米、鮮爽的大湯：彩蝶撲泉，爲饌肴帶來了完美的結束。㊴

誠如葉啓政在〈期待黎明——對近代中國文化出路之主張的社會學初析〉一文中所說：

象徵傳說自身實際上並不自存，它必須附在器物、文字、符號或人實際行動當中的諸多動作等等，才可能展現出來的。於是乎，它的存在是表徵性的，具高度的滲透

性。它猶如所謂的「魂魄」一般，必須依附在一種具形的「體」上面，才可能被感知到，也才有發揮社會意義的作用。㊵

筆者曾在拙作〈高陽歷史小說的宇宙觀——文化中國〉中，引用杜維明的「三個象徵世界的實體」定義的「文化中國」爲概念，再延伸李亦園「從民間文化看文化中國」的「日常生活之共同特點」，藉以討論高陽小說中由稗官野史、筆記與考證、「跑野馬」的官闈內幕或江湖藝文等等庶民知識或技術百科，暈造出一平行於正史之外的，豐饒而生動的「活生生彷彿現場的古代中國」：

一、某種程度的中國飲食習慣。

二、中國式家庭倫理以及其延伸的人際行爲準則。

三、以命相與風水爲主體的宇宙觀。㊶

從梵谷的《農民鞋》來看，一個被現代性風暴撕裂成碎片、屍骸遍野的世界；一個歷史與物質的人文連結永恆地斷裂的世界；一個海德格所說的西方哲學危機：「人類徹底失去觀照其存在的全面性視覺位置」的分崩離析世界，再以李渝所上溯的五四以降，中國現代知識分子面臨晚清以來中文寫作者的感覺結構。如黃錦樹所說：

> 生活世界的現代化、教育及知識、感受領域的養成機制本身的去中國化及現代化——理性化過程中對中國傳統的除魅等等，相當徹底的造成了類似西方現代主義溫床的傳統與現代剝離的意義危機。此外革命、戰爭、白色恐怖、流亡……從經驗到超驗，現代中文的主體普遍的都經驗了無家的狀態（homelessness）。因此不論是做為對異化世界的感覺結構的再現，或是對於資本主義時代工具理性的反抗，或對傳統的崩潰的回應，在現代中文中所呈顯的現代性，很難避免現代主義的格式。[42]

從《溫州街的故事》開始，那個明顯從文字——物質性、時空——共時性、記憶——多異性、場景——再現邏輯、經驗——受創的主體的現代主義式「多重渡引」世界，慢慢到〈無岸之河〉尾聲；〈鶴的意志〉中那個朝向一個浪漫主義式超越歷史傷痕飛昇的畫面；再到〈踟躇之谷〉裏，那個「以前屢屢以奇異手段使別人消失，而不足爲奇的，他如今的消失」，那個曾是殺人不眨眼軍官的畫家慢慢迷醉消失於自己的畫中世界；《金絲猿的故事》最後，將軍的女兒帶著一家人創傷的歷史贖罪意識，回到當初父親一輩曾在戰爭時期犯下的屠殺歷史現場，當初無辜在林子裏被軍隊火網殺戮殆盡的村落……。李渝的小說文本背後，似乎總雙重掙跳著兩股救贖之悲愴意志，像班雅明筆下那個逆著歷史進步（遺忘）風暴奮力揮翅的天使。她同時要修補縫綴「歷史眞相的破片」以及「那個曾經文明的時代場景」。前者，始終存在於《溫州街的故事》、《應答的鄉岸》、《夏日踟躇》、《金絲猿的故事》諸本小說；而後者，在《賢明時代》中，李渝的敘事時空，徹底揮別了她一貫以民國五、六〇年代台北城，白色嚴控時期之政治氣氛下，國府高層府邸內所發生之隱密、壓抑、諱深莫測之「現代史」背景，一頭栽進一個飲饌、衣裝、琴藝、古代宮廷宴會實景、古典美術、器皿、劍術……龐雜卻充滿考據知識百科的「古代世界」。

六、轉向一個隱密幽微的理想國度：從《賢明時代》開始

《賢明時代》內收三篇故事：〈賢明時代〉、〈和平時光〉、〈提夢〉。三者以一張近似「招魂照片」的古代遺物作爲入口——「永泰公主李仙蕙陵壁畫圖」、《戰國策・韓策

二》「韓傀相韓」故事變貌的「聶政刺韓王」及〈廣陵散〉之相關記載，《巴布爾日誌》中關於「巴布爾花園」之插圖——進入，或重構一段栩栩如生的古代時光。

永泰公主李仙蕙是中宗的七女，懿德太子李重潤是中宗長子，兄妹二人因言忤武則天被殺；初葬洛陽，中宗李顯復位後，將其與駙馬都尉武延基遷乾陵陪葬。武則天晚年，侄兒武三思把持朝政，政憲大亂，神龍六年（公元七〇五年）正月，宰相張柬之發動政變，擁立中宗復位，同年十一月，武則天病死於洛陽上陽宮，臨終遺囑去皇帝尊號，終年八十二歲。中宗以「准遺詔以葬之」爲由，在七〇六年五月，重新開啓乾陵墓道，將武則天與高宗合葬於乾陵。

永泰公主墓於一九六〇年始發掘，從墓道到墓室繪有豐富多彩的壁畫，如宮廷儀仗隊，以及天體圖、宮女圖等。尤其是墓室中放置的一具石槨，石壁上線刻著十五幅畫面的仕女人物畫，其造型之美，實爲罕見。在這些人物中，有的上著披幔，下穿長裙；有的身著男裝；有的身穿長褂，腰束錦帶，帶上綴有荷包；有的腳穿如意鞋；有的身著短襖長裙……或捧壺，或托盤，或弄花，或拱手，或對話等等，所有這一切均展現了當時宮廷生活的情景。

李渝的〈賢明時代〉，即是由永泰公主墓室壁畫上的畫面，「渡引」進這一段歷史懸案的切面：

> 多麼好看的九位女子，排列在牆壁上，出行的模樣，手中捧著燭台錦囊，玉盤方盒，拿著高足杯，團扇拂子，款款的走著，體態這麼的裊娜輕盈，姿容這麼的明麗端莊。
>
> 領前穿窄袖衫的一位，禁不住春寒的模樣，兩臂交擁在胸前，就用肘彎的地方，順手捺住了一點肩褡邊；這美麗又尊貴的女子，想必就是墓主，唐朝的永泰公主了。[43]

渡引。由一件「主人不在場」的「物」，一幅壁畫，一章佚失的古曲琴譜。一座傳說中的「人間天堂」——一座世界園林建築學上的不朽花園。從梵谷的受創的現代性隱喻的「農民鞋」，李渝沿著現代主義的荒原廢墟上溯到一個耽美物件，古典秩序，文明教養未被破壞的歷史時光河流之彼岸。那個烏托邦藉古喻今，在李渝筆下目眩神迷地以各種工匠技藝，經過漫長時光與耗蝕巨大心力，臻於藝術之境的輝煌描寫，譬如〈和平時光〉中，本著謀刺意志，而習搏殺術，而劍術，而偷襲之心法，最後化爲體悟萬物生滅、歷史流沫之琴境；又譬如〈提夢〉中殘忍梟雄沉醉於「排水溝、蓄水湖」：

用長青類的松、杉、柏，和棕櫚等高低間植，成爲圍界，界內以果樹爲重點。本地的梨、杏、棗、橘等，撒馬坎的金桃、波斯的石榴等，按類都種在園中央。本地產草麝香、虞美人、菖蒲、水仙、百合等越冬多年生球根，分別栽在適當的各處；從中國移來梧桐、楓和銀杏，以點綴出季節性的美色；也移來月季和玫瑰，成爲花卉的主角；花朵比人頭還大的故都牡丹，自然是不可遺漏的珍品。㊹

即使在〈賢明時代〉這個糾結於則天武皇內心（武氏或李氏傳位之惑，暮年老婦之情欲，對於近親之人的猜忌和恐懼）及宮廷血裔繼位之爭，以及替武延基、李仙蕙冤死之歷史懸案附加一「烏托邦」結尾——出走的武延基出亡疆界外，在大雪山北邊，起源所有亞洲河流的地方，創建了一個國家，國主以仁厚賢明稱世，國內體制合理，經濟昌榮，文化和諧——這樣一個「準歷史小說」，仍時時在段落中浮現類似胡旋舞、宮廷茶藝糕點之美感細節耽迷：

圓毯不過尺多寬，關鍵是無論怎樣跳，腳步都不得出毯。現在只見兩腳快踩勁踏，時交錯毯上，時騰躍空中，身體旋轉得像陀螺，雙腿踢扭得像麻花，人眼都追不上了。

……

轉身扭腿不容易，革靴尤其不得力，幾試後仙蕙索性踢掉鞋，只留珠色襪子，才覺得腳、毯之間實在了些。[45]

武皇最愛的糕點，是採春天的嫩花和江南新糯米，分別搗碎了，加酥油冷泉釀揉，用嫩荷葉墊在小籠裏，炭中放香，用文火慢慢蒸成的。裹在棉帛裏送來的時候，一路上都隱約透著香呢。

……

「吃這鬆糕，」易之說，「如果能配用祁州產的紫旭茶，取那山中慢慢流走在石卵間的泉水烹煮，才見好。」

「要是能夠用在聖皇專用的蜜色瓷碗裏，茶水就會現出紅紫色。糕雪白，茗透紫，就不能更美了。」[46]

如同漢娜．鄂倫在為班雅明評述所寫的〈潛水採珠員〉提到：

> 這些「思想的碎片」由過去摘取而來，聚集在思考的四周，就像沉到海底的深水採珠員，他不是去開掘海底，把它帶進光明，而是盡力摘取奇珍異寶，盡力摘取那些海底的珍珠和珊瑚，然後把它們帶到水面之上，這種思考就是深入到歷史的深處——但不是為了復活它曾有的樣子，以有助於滅絕時代的復活。……雖然活著的必定成為時間的廢墟，但是衰微的過程也就是結晶的過程，在海的深處，曾經存活的沉沒了，分解了，有些……以新的結晶形式存活下來……彷彿它們只是等待著有一天採珠員來到這裏，帶它們到富有生氣的世界。[47]

與大陸八〇年代末出現之「新歷史小說」及援引西方「新歷史主義」如葛林布雷、海登懷特諸人之理論，著力於對線性時間觀之歷史本體概念解構，書寫中之權力交涉，「翻案」並刻意「打破敘事的線性線索等，將邏輯系統與時間系統分離，以取消時間的意義來消除歷史的邏輯意義」[48]相比，李渝的《賢明時代》似乎已「兩岸猿聲啼不住，輕舟已過萬重山」。

駱以軍的一篇《賢明時代》書評，贊李渝的書寫，直入了另一個寬廣的天地：

從「永泰公主李仙蕙陵壁畫」之細部運鏡，由唐人宮廷之豐美飲食烹飪、貢茶、胡舞；由鑄劍之玄祕，由劍術之化境，由「燕射水陸攻戰壺」瑰麗詭譎之圖紋，由琴曲之終極到〈猗蘭操〉，以讓天地變色，君臣仇敵皆神魂顛倒之魔幻琴藝；由歷史上造成血流成河，首級塡野之戰爭梟雄巴布爾所建造之奇幻花園，由繁花百鳥，水聲潺潺之人間仙境……，由這些美學與藝術內向之無限宇宙，敘事之門如藻井繪飾，一層門打開穿廊入徑，又是另一扇門；一組時光凍結術中對峙的歷史人物，他們的內心世界層瓣翻開，又是另一個無比寬闊的「微物之神」的天地。㊾

經歷過六〇年代台灣特殊文學時空的現代主義洗禮，海外保釣運動之「民族主義」，以及本身藝術史之深厚浸染，李渝對其小說中的歷史話語之挪借，與大陸新時期文學小說家群——包括格非的《青黃》、蘇童的《罌粟之家》、王小波的《青銅時代》、莫言的《紅高粱家族》、余華的《呼喊與細雨》，以及葉兆言等人同時在文化尋根與形式先鋒之書寫爆炸（針對「紅色經典歷史小說」的顛覆與歷史意志反抗）——如此不同，反而安靜地進入一個王德威所說的：

不只是重組記憶、知識，也是體現一種審美意識。（《賢明時代》序）㊿

這個「審美意識」，藉著故事中人的執念，由原本歷史暴力場景的重現——武則天集權恐怖統治之下的後宮派閥權鬥；或韓國太子舞陽弒母弒父，近乎莎翁戲劇之血腥場面奪位；或察合台汗國後代巴布爾王子在經年曠日的戰爭屠城中之建國意志——轉向一個更隱密、幽微的理想國度。

註

① 魯迅：〈在酒樓上〉，《魯迅全集》第二卷（台北：谷風出版社，一九八〇年），頁二三。
② 高陽：〈「橫橋吟館」圖憶〉，《高陽小說研究》（台北：聯合文學出版，一九九三年），頁一七七。
③ 廖玉蕙：〈生命裏的停格〉小說家郭松棻、李渝訪談錄（台北：聯合文學，二〇〇二．十一．二十七）。
④ 周蕾：《婦女與中國現代性：東西方之間閱讀記》（台北：麥田，一九九五），頁二三六、二四四。
⑤ 同上，頁二四五。
⑥ 同上頁。
⑦ 張愛玲：〈傳奇再版自序〉，《張愛玲短篇小說集》（台北：皇冠，一九七六年），頁九。
⑧ 原文爲：「這條街叫／阿絲雅．拉西斯大街／以她的名字命名／她作爲工程師／在作者心中打通了這條街」，《班雅明作品選——單行道、柏林童年》（台北：允晨，二〇〇三年），頁三三。
⑨ 王德威：〈「故事」爲何「新編」？——李渝的《賢明時代》〉，《賢明時代》（台北：麥田，二〇〇五年），頁五。

⑩李渝：〈菩提樹〉，《溫州街的故事》（台北：洪範，一九九一年），頁一六一——一六二。

⑪李渝：〈夜琴〉，《溫州街的故事》（台北：洪範，一九九一年），頁一四〇——一四一。

⑫李渝：〈她穿了一件水紅色的衣服〉，《溫州街的故事》（台北：洪範，一九九一年），頁八五——八六。

⑬同註⑪，頁一四二。

⑭李渝：〈無岸之河〉，《夏日踟躇》（台北：麥田，二〇〇二年），頁四四。

⑮同上，頁四三。

⑯同上，頁四五。

⑰同上，頁五三。

⑱班雅明：〈單行道〉，《班雅明作品選——單行道、柏林童年》（台北：允晨，二〇〇三年），頁四六。

⑲班雅明：〈柏林童年〉，《班雅明作品選——單行道、柏林童年》（台北：允晨，二〇〇三年），頁一三八。

⑳班雅明：《經驗與匱乏》（天津：百花文藝出版社，一九九九年），頁二五三、二五四。

㉑同上，頁二五三。

㉒本雅明：《本雅明文選》（北京：中國社會科學出版社，一九九九年），頁一九。
㉓王德威：〈序論：無岸之河的渡引者——李渝的小說美學〉，《夏日踟躕》（台北：麥田，二〇〇二年），頁二〇——二一。
㉔班雅明：《說故事的人》（台北：台灣攝影工作室，一九九八年），頁二四。
㉕同上，頁三七。
㉖同上，頁三二。
㉗李渝：〈夜煦——一個愛情故事〉，《溫州街的故事》（台北：洪範，一九九一年），頁三八——三九。
㉘（法）德里達（J. Derrida）著，蔣梓驊譯：《多義的記憶——爲保羅．德曼而作》（北京：中央編譯出版社，一九九九年），頁六九。
㉙李渝：〈朵雲〉，《溫州街的故事》（台北：洪範，一九九一年），頁一九五。
㉚王斑：《歷史與記憶——全球現代性的質疑》（香港：牛津大學出版社，二〇〇四年），頁一一八。
㉛同上。
㉜見李渝：〈抖抖擻擻過日子——夏志清教授和《中國現代小說史》〉，《中央日報》副刊（台北：

二〇〇五・二・十四——十五）。

㉝同上。

㉞詹明信（Fredric Jameson）：《後現代主義與文化理論》（台北：台灣英文雜誌社，一九八九年），頁一九四。

㉟同上，頁一九七。

㊱同上，頁二〇〇。

㊲王德威：〈序論：無岸之河的渡引者——李渝的小說美學〉，《夏日踟躕》（台北：麥田，二〇〇二年），頁一〇。

㊳李渝：〈梔子花〉，《金絲猿的故事》（台北：聯合文學，二〇〇〇年），頁四二。

㊴同上，頁五六。

㊵葉啓政在〈期待黎明——對近代中國文化出路之主張的社會學初析〉，《文化中國》（台北：允晨出版社，一九九四年），頁八四。

㊶鄭穎：〈高陽歷史小說的宇宙觀——文化中國〉，《高陽研究》（台北：中國文化大學中國文學研究所博士論文，二〇〇三年），頁三六三。

㊷黃錦樹：〈中文現代主義——一個未了的計畫？〉，《謊言或眞理的技藝：當代中文小說論集》

（台北：麥田，二〇〇三年），頁二四。

㊸ 李渝：〈賢明時代〉，《賢明時代》（台北：麥田，二〇〇五年），頁一四。

㊹ 李渝：〈提夢〉，《賢明時代》（台北：麥田，二〇〇五年），頁一九七、二〇〇。

㊺ 同註㊸，頁三〇—三一。

㊻ 同上，頁三一。

㊼ 本雅明：《本雅明：作品與畫像》（上海：文匯出版社，一九九九年），頁二三三。

㊽ 語見張鴻聲：〈歷史文學中的史觀與時間狀態〉，鄭州大學文學院網頁・學術社區（鄭州：二〇〇五・四・二十九）。

㊾ 語見「網路與書Net&Book」網頁（二〇〇五年，八月）。

㊿ 王德威：〈「故事」爲何「新編」？——李渝的《賢明時代》〉，《賢明時代》（台北：麥田，二〇〇五年），頁五。

凝視與回望①

李渝的現代主義小說實踐

余承堯・《山水》

「跟隨我的人，不但不死，反得永生。」

在死亡裏再也沒有死亡的恐懼。我將再不見日落，因爲太陽退縮了。再不見風聲掠過草梢。無際無休的黑暗，人們說這是永恆。

——李渝〈夏日·一街的木棉花〉

一、從〈夏日·一街的木棉花〉開始

那是一九六五年，「現代主義」思潮，正在台灣各領域以各種方式被實驗與實踐著。在台大就讀的李渝選讀聶華苓的創作課，寫下第一篇小說，「呢喃吶喊，無不顯露現代主義式症候群」②。此後，經歷保釣運動，停寫十多年，直到〈返鄉〉，再回到小說專志；《溫州街的故事》系列開始，李渝寫出知識分子的流離遷徙，文字既老練又滄桑，舉凡政治禁忌、離亂哀惘、欲望與壓抑，全在筆下流瀉而出。看起來，李渝像是回頭跟〈返鄉〉前那個天眞的自己告別了，也以寫實的左派姿勢，反身背向空靈囈語的現代主義。

《應答的鄉岸》序言，李渝卻如是寫著：

> 最早的幾篇，〈夏日・一街的木棉花〉，〈水靈〉，〈青鳥〉等，文字隨興而走，多爲囈語夢話童言，後來自己不敢再看，藏放起來有數十年之久，只有松棻常提醒，那幾篇才是小說。[3]

這是一九九七年的初夏，六〇年代的現代主義文學，早已被七〇、八〇年代的鄉土文學，以及繼之而起的都市文學所取代。當此之時，若要論現代，必得加上「後」字，曾經「在上帝已死的論點大行其道之後，道德世俗化，逼使力倡現代主義的知識分子紛紛抬頭，個個皆欲登基於上帝遺留下來的寶座，大事楬櫫蘊含於私我語碼的『福音』[4]的現代主義，其語碼，其私語，又被後現代主義論者所捨棄，「不做抉擇」才是當朝本色[5]。李渝於此時整理少作，付梓前夕，有此一語，其意義何在？

鮮少對文學現象發表意見的李渝，在一九七七年到一九九三年間，陸續在《雄獅美術》上發表許多關於藝術的評論，我們或可從中看出她對「現代主義」思潮的看法。有趣的是，這個時間跨度正巧介於她在保釣之後暫停小說，及下一本小說《溫州街的故事》

出版前。她在〈民族主義集體活動心靈意志〉中，試圖解決何謂「中國」？何謂「西畫」？以及何謂「現代」的定義。她說：

存在決定本質和方向，中國畫家之有無自然、社稷、世界，民族特質或土地良心，已由他過去的知覺和記憶決定，潛伏在相底，隱喻在視形，無法由紙面上的耍弄召喚吶喊它們而得來。文化關懷和指標下的創作，容易成爲聯合陣線集體活動、文化宣言、在畫外徘徊的文化姿態。二十世紀是個人的世紀，現代是個體的解放，現代風格是解放以後的個體走向個人視覺語言的直覺呈現。它的泉源是默契、心的披露、隱密的交換，正是與集體疆域對立的私我的心源／心園。⑥

被王德威稱爲「現代風格實驗者」的李渝，這段論二十世紀八〇年代中國繪畫的文字，我們只消以文學二字代以藝術，文中提及的「個體」、「默契」、「隱密」、「心源」、「心園」，無一不符合現代主義的特質。

西方現代主義，自一八九〇年代崛起，其風潮廣泛地包括了各個領域的運動，如表現形式、象徵主義、表現主義等。由於因襲弗洛依德和容格心理分析批評中的意識流動，更產生了文學上意識流小說敘述手法與題材⑦。這個在西方有一定指涉與長久發展的思潮，曾經分別在三〇年代的上海，與六〇年代的台灣，發生不同的作用與影響。尤其後者，不僅在當時成爲文學創作的主流，甚至七〇年代發生在台灣，以回歸鄉土、面向現實爲旗幟的鄉土文學，其興起也與現代主義有關。而從早期極富現代派特質，到保釣運動後轉型的李渝小說，我們或許可以追索到台灣現代主義文學發展的軌跡。

二、從西方到台灣的現代主義

一九五三年二月，紀弦在其籌劃主編的《現代詩》季刊中宣示：「唯有向世界詩壇看齊，學習新的表現手法，急起直追，迎頭趕上，才能使我們的所謂新詩到達現代化。」由整篇發刊詞看來，此時所強調的「現代化」，在於與非時代、非現代的詩區別，仍未具備現代主義意涵。然而，此舉卻觸發了台灣詩壇一連串的關於「現代」的討論與論證。⑧

一九六〇年三月五日，白先勇等人主辦的《現代文學》雙月刊，在台北出版。發刊詞中強調，是爲「對中國文學前途的關心」，與「感於舊有的藝術形式和風格不足以表現我們作爲現代人的藝術情感」，於是，將藉由「分期有系統地翻譯介紹西方近代藝術學派和潮流，批評和思想，並盡可能選擇其代表作品」。同樣在向世界文學取經借鏡，《現代文學》除介紹並翻譯西方思潮與作品，亦不止一次以中國古典文學爲專題。那麼，除了以「現代」爲名，此份當日留聚許多名家與名作的雜誌，是否已經充分顯現現代主義意涵呢？在歷經十三年五十一期休刊後的《現代文學小說選集》，我們覓得如下蹤跡：

> 首先，是西洋文學的介紹。因爲我們本身學識有限，只能作譯介工作，但是這項粗淺的入門介紹，對於台灣當時文壇，非常重要，有啓發作用。因爲那時西洋現代文學在台灣相當陌生，像卡夫卡、喬哀思、湯馬斯曼、福克納等這些西方文豪的譯作，都絕無僅有。……

綜觀選集中的三十三篇作品，主題內容豐富而多變化，有研究中國傳統文化之式微者，如〈鐵漿〉、〈遊園驚夢〉；有描寫台灣鄉土人情者，如〈鬼・北風・人〉，陳若曦的〈辛莊〉，林懷民的〈辭鄉〉，嚴的〈塵埃〉；有刻畫人類內心痛苦寂寞者，如水晶〈愛的凌遲〉，歐陽子的〈最後一節課〉；有研究人類存在基本困境者，如〈盲獵〉，〈封神榜裏的哪吒〉，施叔青的〈倒放的天梯〉；有人生啓發故事（initiation story）如王文興的〈欠缺〉；有讚頌人性尊嚴者，如〈將軍族〉，〈甘庚伯的黄昏〉；還有描述海外中國人故事：如於梨華的〈會場現形記〉，吉錚的〈僞春〉。

——〈現代文學的回顧與前瞻〉⑨

接下來，白先勇並用了大段文字記述作家的文字技巧、文風與《現代文學》的地位價值，在此簡省條陳如下：（一）有的運用寓言象徵，有的運用意識流心理分析，有的簡樸寫實，有的富麗堂皇，將傳統融於現代，借西洋揉入中國，其結果是古今中外集成一體的一種文學。（二）這批作家們，內心是沉重的、焦慮的。求諸內，他們要探討人生基本的存在意義，我們的傳統價值，已無法作爲他們對人生信仰不二法門的參考，他們得在傳統的廢墟上，每一個人，孤獨地重新建立自己的文化價值堡壘。（三）這批作家一般的文風，是內省的，探索的，分析的。

我們不妨由這段回顧文字開始，思考這個被屢屢泛稱的「現代」之名，現代主義，與台灣現代主義之間的關係。

詹明信（F. Jameson）從文化與文化分期開始論及「現代主義」概念。他認爲，與現代主義的文化意義相聯繫的，有如下兩方面：

> 一是純文化的，如艾略特（T. S. Eliot）、喬哀斯（James Joyce）、普魯斯特（Marcel Proust）的作品，這代表現代主義的一個傾向；另一方面就是現代化，工業的現代化，生活的現代化。[10]

以「現代」爲名，現代主義於是與它之前的古典主義強調和諧與永恆有所分別；再者，現代主義的興起，與西方資本主義社會發展有極大關連。從希臘城邦開始到文藝復興時期，被視爲理性、秩序憧憬的城市，在十八世紀末期開始，蒙上一層末世想像。城市既是現代化的最大象徵，然其併發的文明病徵，卻使它不再是理想的烏托邦，反而成了墮落、痼疾，及毀滅的代表。現代主義從「現代性」出發，作品卻處處呈現「反現代」意識。

文學運動中，首先是象徵主義運動開了現代主義的先河。詩人艾略特（T. S. Eliot, 1888-1965）長達四百三十三行的〈荒原〉（"The Waste Land" 1922），充分展現了現代主義特質：

> 四月爲最殘酷月份，在死氣沉沉大地

孕育出紫丁香花，摻雜著
回憶與欲念，用綿綿春雨
挑動那些呆滯根莖。
逝去的冬天使我們溫暖，覆蓋大地
以遺忘冰雪，用一些乾枯球莖哺育
一點小生命。

「生命的無奈，現實的虛無，理想的欠缺（現代派欠缺那種對古典主義崇高華麗的嚮往），心靈的漂泊無依；浮世若夢，但夢境處處，似幻猶眞。這種存在感覺，徬徨落寞，疏離苦悶，觸發許多內容晦澀而佈滿歧義的實驗作品。」[11]現代主義不再如寫實主義般追索現實的規律，並以非理性的，破裂的方式開始向個人內心去探尋。於是「內心獨白」、「回顧似的自省」、「訴諸感性」等形式，構成了現代主義作品的普遍風格。這些作品內的聯想，看似斷碎，無規律，其實都處理得極其嚴謹，直指向創作者的內心深處；這些忽隱忽現的每一人物與事件，在整體結構中，皆如史詩結構的敘述，有其特殊的藝術構局。

這個思潮不僅廣泛地影響各個藝術領域，也在五〇年代的反共論述後，成爲渴望突破現狀與渴求與世界文學接軌的台灣作家們所援引，我們不難從上述《現代詩》與《現代文學》的宣言中看見。六〇年代的台灣現代主義風潮，表面上看來，像是又一次的西風東漸，然而，在台灣文壇的影響卻既深且遠，其「流行不但轉移了政治國族意識形態對文學創作與評論的過多關注，並且相當程度擺脫了寫實主義的思惟侷限，拓展了文學形式的多樣可能」[12]白先勇在〈回顧〉引列的作家及作品，即無一不顯露其現代主義風格。如白先勇〈一把青〉裏，飛行官郭軫出了事，新婚妻子聞訊崩潰：

突然顫巍巍地掙扎著坐了起來，朝我點了兩下頭，冷笑道：「他知道什麼？他跌得粉身碎骨那裏還有知覺？他倒好，轟地一下便沒了——我也死了，可是我卻還有知覺呢。」[13]

又如〈金大班的最後一夜〉，四十歲，即將下嫁橡膠商人的金兆麗，在最後一夜最後一支舞，摟近初次到舞廳的害羞男子，在舞池昏黃的燈光下，幽幽晃晃地，像回憶的獨白，憶起她曾死心塌地愛過的月如：

一剎那，她覺得她在別的男人身上所受的玷辱和褻瀆，都隨著她的淚水流走了一般。她一向都覺得男人的身體又髒又醜又臭，她和許多男人同過床，每次她都是偏過頭去，把眼睛緊緊閉上的。可是那晚當月如睡熟了以後，她爬了起來，跪在床邊，藉著月光，癡癡的看著床上那個赤裸的男人。月光照到了他青白的胸膛和纖秀的腰肢上，她好像頭一次眞正看到了一個赤裸的男體一般，那一刻她才了悟原來一個女人對一個男人的肉體，竟也會那樣發狂般的癡戀起來的。⑭

意識的自由流動，「眼前景」與過去記憶的穿插來去，象徵意義的以偏代全（完整意義），小說主角的生命際遇的缺陷，遙遙指向整體世界的粗暴與偏斜。

而同樣源於現代主義的「反現代」主題，現代主義作家們認爲人類本質上是孤獨和非社會的，「它重新檢視了資本主義社會對主體／對象、精神／物質、個體／群體關係的影響」⑮。台灣早期的現代主義作品同時地反映了這個面向，黃春明〈莎喲娜拉．再見〉裏，放棄故鄉教職來台北工作，卻帶著日本顧客回故鄉礁溪嫖妓的黃君，城市如此不堪與返鄉之行又如此屈辱。在陳映眞〈夜行貨車〉裏，抗議完洋老闆，企盼說服女友與他返鄉成親，他一面說：「跟我回鄉下去」，一面：

他忽而想起那一列通過平交道的貨車。黑色的、強大的、長長的夜行貨車。轟隆轟隆地開向南方他的故鄉的貨車。⑯

同樣的意念，在黃春明〈看海的日子〉裏，因養父忌日返家途中，在火車上被昔日嫖客調戲的白梅，因重回故里，開始新生活，並被人們接納與讚美，同樣一個火車上的場景，由於他人善意的讓座，她想著：

曾經一直使她與廣大人群隔絕的那張裏住她的半絕緣體，已經不存在了，現在她所看見的世界，並不是透過令她窒息的牢籠的格窗了。而她本身就是這廣大世界的一分子。梅子十分珍惜的慢慢的落到那個空位，當她的身體接觸到座椅的刹那，一股溫暖升上心頭。⑰

返回「故鄉」成爲洗淨城市髒污的救贖。

「現代主義基本上就是……現代性的追尋」。但是，在文化領域裏，所謂的「現代性」起碼有兩個互相衝突的面貌：一者是西方中產階級源於啓蒙主義的「現代性」概念，充滿對人類歷史進展和科技文明的信心，另一者則是對這樣的信念的質疑和反叛。⑱

由五〇年代始，於六〇年代被廣泛運用的西方「現代主義」，在作家們的種種實驗下，各取所需地開出各色花朵，從日常經驗而來的寫作素材，使得本土故鄉的「大玩偶」，與「王謝堂前」的外省族裔，一樣借現代主義在作品中「遊園驚夢」。

六〇年代文學作品的多意複旨，往往並不是來自解讀者或批評者的多元性，多角度，或者心思複雜。相反的，正是來自作者們有意構設的匠心，在他們對於技巧與形式的充分自覺的講究與用心之際，他們往往同時經營一個作品的，誠如王文興談修改自己作品的例子顯示的，象徵與寫實層面，而這兩面的意旨，既分別獨立，又交相融滲，彷彿樂曲的對位手法，所以，一方面是明確的時空，甚至社會階層、自然環境的指涉，作爲寫實的基本架構，另一方面，卻是經由：意象、象徵、語調、觀點，以對比或反諷的方式，呈現出遠超出寫實架構所能陳述的旨意來。[19]

姑且不論六〇年代台灣現代主義，竟是對西方現代主義的簡化曲解或誤讀誤植[20]，無疑地，現代性／反現代性、抽象地／寫實地，等等特質同時充塞於六〇年代的台灣文學作品中，且許多作家由現代主義的實驗開始，走向不同的創作路徑，如王文興的語言實驗，七等生的更趨虛無，到陳映眞的「漂泊與放逐」[21]。台灣文學的複麗，六〇年代的現代主義思潮的確是一個多義的起點。

三、溫州街的故事

雅克．德里達（Jacques Derrida）在《多義的記憶——爲保羅．德曼而作》中，提及保羅．德曼認爲「只存在記憶，過去完全不存在」之描述：

過去從來不可能現時地存在，從來不可能在場，就像馬拉美說及現在時所言：「現在不存在。」對現在之所謂先前在場的引證，那就是記憶，是所有寓意的根源。如果過去完全不存在，那麼死亡也不存在，而只存在哀悼這又一個寓意，以及所有關於死亡的象徵。這些死亡的象徵被我們佈滿「現時」，銘寫生活著我們中間，銘寫入所有的蹤跡，或者說「倖存物」，這些通過一個虛構的「現時」轉向未來的代碼——因爲它們能夠超越它們之銘寫的「現時」而比我們持續更久：符號、語詞、名稱、字母，以及整整這個文本。……記憶的本領並不存在於復活實際存在過的情景或感情的能力中，而是存在於精神的某種構成行爲內。精神被侷限於其本身的現時，並面向其自身構成之將來。過去僅僅作爲純形式因素介入。㉒

這段話可以說是對映著普魯斯特《追憶似水年華》裏的記憶術。我們幾乎可以用「記憶，存在於精神的某種構成行爲內」，以及「記憶，是所有寓意的根源」，來作爲勘破李渝從早期小說——包括在一九六五年前後發表，像現代詩一樣耽美、無寫實景深、充滿青春愛欲與高燒激情的〈水靈〉、〈彩鳥〉、〈夏日・一街的木棉花〉——而過渡到藝術形式及個人風格最成熟完美的《溫州街的故事》。

倖存物——「一個紀念性建築、墓誌銘、石碑或墳墓、一份備忘錄、一個記事本、一個紀念品……」㉓

一條街——溫州街，一座昨日之城——記憶中的六〇年代台北城，一組又一組如亡靈困陷在自己再不可能叫喚回來的過去的人物，每一個故事的存在，都是主角內向自閉記憶、作為一場召喚魂儀式的焚燒交換而來。像賣火柴的小女孩，刷，點燃照亮記憶暗處的幽光（如德里達所謂的「精神」），當那些精微碎片的記憶慢慢被燒光時，故事，也近尾聲。

由七篇這樣的短篇構築而成的《溫州街的故事》，就多義的記憶而言，是福克納《聲音與憤怒》的多中心敘述觀點；就其連綴多篇個人身世，以拼圖成「一座城市之身世」的形日，則如喬哀斯的《都柏林人》、莫拉維雅之《羅馬故事》，或如白先勇的《臺北人》、李永平《吉陵春秋》；而那微物細節，乃至光影、氣味、聲音、照相簿式之昔日場景重建、許多段落所顯現的記憶召喚術、則讓人不得不連想起普魯斯特的《追憶似水年華》。

如〈夜煦〉裏，作為記憶之缺席、憑弔，乃至重構的對象，是一對幾十年前因匪諜身分潛逃大陸的戀人：一位名伶和她的琴師。他們從島嶼這邊，戒嚴年代人們的集體記憶中像謎一樣地消失，直至四十年後，敘事者在海外一場由老票友所辦的演唱會中，重遇故事的主角。經過了近半世紀兩岸敵對政體的身份錯亂，與政治整肅的磨難，名伶與琴師，垂垂老矣。而故事描寫這場幾近神現的表演：

弦連接起來。一個低音上持旋，拉長了尾音，逐漸有一點搖曳；乾枯的手指摸索著往弦長的地方尋覓去。縈繞和飄游和上昇；荒原逐漸後退現出了山谷和草地，潺流著河水與溪泉，溫暖的風，搖曳的林木，日光和月光同時照耀；那能起死回生的是怎樣的一首曲子呢？

很輕微地歌聲開始了。細密的心思猶豫的愛情，遲遲不敢啟口。慢慢地清楚了確實了自信了，試探著，進入複雜而艱難的音域。高峰開始出現並且蜿蜒疊進；你不由得清醒過來坐直身子由它帶領，全心全意追隨一刻也不能放棄，從陰沉晦黯的焦土進入繁花甜雨的世界。

你簡直不能相信這樣柔美的聲音是出自一位老婦人的口中。

弦始終在陪伴著，幾個地方若即若離幾個地方趨近幾個地方完全分開一段時光又

在某處相遇，相附又相依，低迴慰帖廝磨纏連，再也不分離。㉔

在故事的結尾，這個「敘事者」——總是暗裏睜著眼，無法入睡，會議、污染、核能失控、林木傾倒、化學藥劑、毒廢料、重金屬、生物滅種、臭氧層破裂等種種意象、在暗夜裏一個問題引導下一個問題，一個句子引出一連串句子……——在演唱會後，步出大廳，街角糕餅店前，三個印第安人一邊吹奏一邊唱起了歌。那「稚亮的童腔，近西班牙語的滾舌音聽起來很溫柔。猜想是首情歌吧」。他聽著想著時，突然一首詩進入他的腦海。

奇怪，從哪兒來的詩呢？

過去生活再度被召喚前來，從不辜負盛意；是個夏日吧，是坐在屋的脊頂吧，樹蔭裏念到的誰的詩行，是聯考過後吧。

悶熱寂靜的午後，一隻蟬在某個枝頭嗞鳴，樹蔭覆蓋下的瓦卻很涼。從坐著的角度你可以看見蜿曲的溫州街，花色的曬衣，櫛比在陽光下的屋脊，木棉的梢頂，和青綿綿的觀音山。聯考還沒有放榜，未來是未知和令人遐思的世界。㉕

這是救贖。

如果只是這樣的情節摘要，或許讓人以爲這只是一個沈從文式的，優美而樸素的短篇小說。然而，李渝在調度動員那段伶人與琴師從眾人記憶「憑空消失的四十年」，所使用的修辭技巧，全然不是寫實主義式的；時移事往的單向度時間感，是一種由大量拼貼新聞報紙標題、流言蜚語、時代變遷記憶，和以「你」作爲敘事主體，感傷自己從青春漸入中年的哀樂心境。

於是我離開眾人穿過市區經過了一條黑暗的甬道（多麼暗的甬道呀）。空氣糟透了；瀰漫的碳氣簡直要叫人窒息。水浸在壁上浸出黃綠色的走痕像荒古的洞壁，爲了閃躲過來的車輛不得不靠著時，弄得一手黏答答的。車打高燈迎面奔馳，照得你眼花，喇叭按得你心惶（關於這城市市民的駕駛問題，不必多說你也知道，雖然交通處長部長市議員省議員國家代表總理總統主席都孜孜督囑但是不但無法減速反而開得更快更搶了。當然，我們也都了解這個城市正以百分之七十五之GNP在成長核電廠已從五廠增至七廠還有三廠在考慮中。爲了更美好的明天我們都必須搶奪時間爭取時效付出代價〉。[26]

高度壓縮、經驗爆炸、彷彿影片快轉的敘事句，常大段不使用標點斷句。作為這場名伶與琴師半世紀愛情故事的轉述者，李渝所使用的，正是一種現代主義式對文字符號之「戀物」方式——時間是眼前遍地的文明蛇蛻物。而「你」，這個敘事聲音、內心獨白的介入，亦百分百地承襲了現代主義經典，以意識流摧毀寫實主義者以為可被景框固定住的客觀世界，及其心理時間。[27]

這種亂針刺繡，以繁複濃縮的長句承載「某一個時代的集體景觀」的非線性、訊息漫漶的敘事語言，正是現代主義小說美學的核心。亦如〈她穿了一件水紅色的衣服〉和〈月琴〉裏的敘事形式，單行一句即完成一個戲劇動作或內心暗寫，其情境構造，直比中國古典抒情詩的短構句形式[28]。這在閱讀上造成的視覺感、陳述情節的節奏，以及心理時間的感受，俱皆產生不同的效果。在〈夜煦〉裏是人事匆匆的快轉影片；在〈她穿了一件水紅色的衣服〉，則是緩慢停頓在一個微觀的、回憶重構現場，清晰無比的全面觀照時刻。如：

如果做了不同的選擇，此刻的她會不會已是一位頗有成就的小提琴家了呢？米茶的水壺開了，細細響在溫州街，孤靜如一支笛。

霧的路很滑，腳步很蹉躊。她撐扶住他的手臂，使他能慢慢地一步一步往前走。隔著幾層衣料幾乎摸不到他的臂彎在哪兒。

如果雨下大了，他就要她留在門口，自己撐著雨傘走。傘下他弓著背，低著頭，小心檢查著地面，遲遲不敢踩下去。

有時站在二樓的欄杆後邊，看他削瘦的雙肩向後傾斜，平衡著下坡的斜度和動勢。背影拉得長長的，每走一步後頭的一綹髮和衣的一角就會各自掀打一次。有段路他隱沒在葉中，有段路又出現。㉙

從長句與短句的錯置，小說推敲出一種時光洶湧的往昔回憶（意識流），也細寫出歷史塵埃落定，主人翁亦已老去的現在（此在的溫州街）。而另一篇〈夜琴〉，如現代小說語言實驗極致的王文興〈背海的人〉式的意識流長句，則顯出一種形式純淨的成熟風格。就單篇而言，〈夜琴〉亦可視為李渝短篇小說價值最高的一篇。小說處理還是戰亂流離年代，一個馴靜深情的女人，與丈夫硬生生被時局所拆散，近乎法國「新小說」式的客體景物特寫，由這個女人恆處於無止盡等待狀態的不安、焦慮、憂愁，乃至絕望的恐怖感來呈現。「等待」——或可稱爲「無望的等待」——本就是二十世紀中葉存在主義小說的敘事母題之一，包括貝克特的《等待果陀》或卡夫卡的《城堡》，俱是處理這樣形上徹底枯竭，人類文明走進荒原，再無救贖可能的荒謬處境。〈夜琴〉以女主角的女性感性意識開始，然作爲暴力來源的戰爭、二二八、白色恐怖，即是隱於文本後的「惘惘的威脅」，如何也揮之不去。

> 景物、器皿的描繪凌駕人物之上；而這些描繪不含主觀心境或價值取向的成分，只有最平淡、最客觀的外表形狀、色彩、光影……[30]

「新小說」（Nouveau Roman）是四〇年代末，五〇年代初，出現在法國文壇的一股小說創作的新浪潮，也是繼存在主義文學之後的另一重要現代主義流派。新小說論者提出：「人不應是小說的中心，小說的中心是『物』。」存而不論的態度，顯然受到現象學哲學的影響。

在此，我們無意將李渝的〈夜琴〉或《溫州街的故事》諸篇，對號入座，與法國新小說之美學形式或敘事方法論作一對照。只在強調，李渝〈夜琴〉中，自足且完整地發展出這類「單行斷句」、「微物特寫」及「光影變換魅術」，既巧妙避開了自王文興以降的「長句式」意識流獨白句法，不寫人物內心，卻能精密構築出主角的意向；且重新觀看、陳述「物」和「景」所構成的世界。這在中文小說的現代意識實踐上，無疑地，確已遠遠超過同時代的其他作家及作品。

只有她一個人來。打烊以後走出還有點沾腳的柏油路，經過兩排新立起的鎂光路燈，空蕩蕩的公共汽車停車臺，櫥窗裏甜笑著女學生的照相館，從斜坡進入溫州街。

黝暗的巷子，隱約的牌聲在牆後繼續，伴著自己的腳步，窸窣在碎石上。拐了一個彎，兩排屋簷的盡頭，一盞燈在竹籬的縫隙之間忽明忽滅。她加快步子，塑膠底的鞋子開始發出啾蟲的聲音。

翻到第二十頁，在燈光底下。不離棄自己的終向，不失落超性的生命，不隱瞞自己的存在，不背棄自己的過去。

四十五度的燈光，逐漸模糊了的自語，低垂著的紅色的睫毛。第一次坐得這樣近，她看見他假牙後邊的鋼絲。

清水杯裏養著兩朵短莖的石竹，瓣影落在他移動的指間。隱隱約約，似乎傳來一種去蟲丸還是陳木的沉香，從黑罩衫的袖口裏邊。

停住了頌語，鉛筆壓到書頁裏，拿下眼鏡，抬起眼睫，露出透明的栗色的瞳仁。

請等一等，他對她微笑，站起身。

室內很靜。時鐘滴答在走。㉛

等待的女人。

時代的背景是低飛的軍機、逃難的人群、壅塞的車廂、以及陌生島嶼的暴亂政治現況。小說卻以反高潮反戲劇性的方式，如默片般，將主角深深侵入內裏的恐懼、惶惑、失根無助，透過景物細節，從上下裏外、四面八方，以骨牌堆疊建築模型方式，建構了一個外在客體世界讓人窒息，無可逃脫；內在主體隨時就要崩塌發狂的脆弱狀態。

小說的結尾，女人的丈夫似乎被特務帶走，再沒有回來！直至小說結束，仍是個懸念。即使直書時代悲劇造成一個無辜女子生命的徹底破毀，李渝仍精準控制住小說的反高潮，避免戲劇化的結構，延續通篇靜物素描的筆法，讓故事凍結在「共時」，而非「順時」的奇異記憶狀態。如同前文所引保羅・德曼所說的：

那就是記憶，是所有寓意的根源。

四、結語

我渴望遊戲和死亡，我總是這樣，像一個瘋子。活著是沒有理由的，因爲我們只是上帝的玩物罷了，如果有上帝的話，祇用一個騙局來挑逗我們。

但是我們又有一萬個理想，這是我們的不幸。我說。

——李渝〈夏日・一街的木棉花〉

六〇年代末赴美的李渝，與同爲作家的夫婿郭松棻，曾一度參與保釣運動。激情與狂燒，他們曾爲改造中國，急切且熱情地擁抱民族的、社會的主義。如曇花一現的釣運，反成爲李渝夫妻創作修行之路的開端。

……現代主義似乎不應與李渝、郭松棻這些作家發生關係。因為他們所曾經堅持的政治信仰，其實是反現代主義的。但唯其如此，我們得見李渝還有其他同道這些年所經歷的變與不變。……到了中年驀然回首，他們反而了解捕捉現實、更新民族的要徑之一，就是在於堅守個人的意志，操演看似最為無用的文學形式。但有沒有如下的可能呢：他們的民族主義原就是基於一種純粹的審美理想，他們的海外運動打從頭起已帶有荒謬主義的我執色彩？果如是，現代主義與社會主義，個人節操與民族情感竟可不斷的以二律悖反形式，在他們生命／作品中形成辯證。[32]

李渝《溫州街的故事》所收錄諸短篇作品，可以視為她個人，且為中文現代主義小說書寫的高峰之作。其敘事風格，與「單行／短構句」形式，或可能有郭松棻〈月印〉、〈月嗥〉的影響。然而、相較於郭松棻作品所顯現的高度隱喻、濃縮的詩化語言背後之歷史指涉，或對獨裁統治、恐怖暴力的反思，以及戲劇張力十足的人物性格，乃至荒謬結局等，處處結構嚴謹、肌理分明；《溫州街的故事》被懸置成一種揮之不去的陰鬱恐怖，其深富視覺性、意象性、且繁複濃密的修辭構句，更由她實踐成「記憶之招魂術」，那些瑣碎舊物、靜置場景的不斷復返，其眷戀不忍，顯然更接近普魯斯特的《追憶似水年華》；而其在形式上刻意讓敘事進入感性經驗的無限漶漫與顯微，又與法國「新小說」美學極爲契合。

二〇〇五年春天，在哈佛燕京學堂裏，一場以「離散」爲主題的座談會上，李渝自稱自己是「抒情的世代」，是「殉情的世代」，是「現代主義的一代」，也是「自殘的一代」。這讓我們不由想起，在本文起首所提及的《應答的鄉岸》序言。李渝問：「在無數轟動的小說人物中，哪一個最叫人心動呢？」

……每想起這件事，眼前出現的倒是一幅幽靜的田野，閃爍的石頭旁邊有個瘦小的無名士兵。他依靠著石塊，低著頭，在月光的底下仔細搓擦著手中的喇叭，直到它也晶瑩得像月光，然後他小心的爬到石上，在甚麼人也沒有的夜裏，吹起了它。這是沈從文寫在〈三個男人和一個女人〉裏的號手，希望有一天，這種人物也能出現在我的筆中。[33]

無疑地，那支起死回生的曲子，李渝已經寫在《溫州街的故事》裏了。

註

①李渝在二〇〇五年四月的一場以「離散文學」爲主題的座談會中（哈佛大學）說到：自己是一個從意象（visual）、從圖片、圖畫出發的人；由她在《金絲猿的故事》裏「凝視」個人歷史，或是《賢明時代》裏「凝視」《左傳》等史事，可見一斑。而現代主義作家所匠心獨運與經營的，往往正是「意義最豐富的一剎那」。因此本文借「凝視」一詞，觀看並回望李渝，與六〇年代台灣現代主義在小說創作上的實踐。

②語見王德威：〈序論：無岸之河的渡引者——李渝的小說美學〉，《夏日踟躇》（台北：麥田出版，二〇〇二年），頁九。

③語見李渝：《應答的鄉岸》（台北：洪範出版社，一九九九年），頁二。

④參見陳長房：〈後現代主義與當代台灣小說創作〉，《四十年來中國文學》（台北：聯合文學出版社，一九九四年），頁二三五。

⑤同上，頁二四二。

⑥李渝：〈民族主義集體活動心靈意志〉，《族群意識與卓越風格：李渝美術評論文集》（台北：雄獅圖書公司，二〇〇一年），頁一四。

⑦參見張錯：《西洋文學術語手冊》關於「現代主義」條目（台北：書林出版，二〇〇五年），頁一

七〇——一七三。

⑧ 一九五三年，由紀弦主編的《現代詩》創刊，其名雖由「新詩」轉換成「現代詩」，但強調的其實是詩的現代化，而非「現代主義」，而其論點，較之五四時候胡適的「建設的文學革命論」旨趣亦近；然因文中提到：「唯其是『現代的』，才有其永久性，唯其是『摩登的』，方得列入古典」。引起新與舊／現代與古典的論辯。一九五六年由紀弦等九人發起現代派第一屆年會，提出「現代派的信條」，其中「新詩是橫的移植，而非縱的繼承」引起頗大的爭議，主要癥結在於，對於新／舊，及中國傳統詩歌的譜系、西方文學傳統，都未能言清，徒以新與現代名之。如覃子豪在一九五七年《藍星詩選》獅子星座號，發表的〈新詩向何處去？〉，便問：「若全部為『橫的移植』，自己將植根於何處？」並進一步提出「風格」，是個人超越的表現、是民族氣質、也是一個時代精神超越的表現。為古典／現代、傳統／現代概念，提出更深入的闡釋。一九六一年余光中的〈迎中國的文藝復興〉，引王維詩「行到水窮處，坐看雲起時」為副標，強調「繼承自己的古典傳統而發揚光大之」，期待「中國的文藝復興」與建立「新的活的傳統」，算是為正熾熱的「中西文化論證」作一小結。參見柯慶明：〈六十年代現代主義文學？〉，《四十年來中國文學》（台北：聯合文學出版社，一九九四年），頁八七——一二三。

⑨ 白先勇：〈現代文學的回顧與前瞻〉，《驀然回首》（台北：爾雅出版，一九七八年），頁八九。白

先勇強調：當然，《現文》最大的成就還在於創作。小說一共登了兩百零六篇，作家七十人。在六〇年代崛起的台灣名小說家，跟《現代文學》，或深或淺，都有關係。除掉《現文》的基本作者如王文興、歐陽子、陳若曦及我本人外，還有叢甦、王禎和、施叔青、陳映眞、七等生、水晶、於梨華、李昂、林懷民、黃春明、潛石、林東華、汶津、王拓、蔡文甫、王敬義、子于、李永平等，早已成名的有朱西甯、司馬中原、段彩華。這些作家，或發軔於《現文》，或在《現文》上登過佳作。

⑩詹明信（F. Jameson）：《後現代主義與文化理論》（台北：合志文化，一九八九年），頁五。

⑪張錯：《西洋文學術語手冊》（台北：書林出版，二〇〇五年），頁一七一。

⑫許琇禎：《台灣當代小說縱論》（台北：五南文化事業，二〇〇一年），頁一一。

⑬白先勇：〈一把青〉，《臺北人》（台北：爾雅，一九八三年），頁八八。

⑭白先勇：〈金大班的最後一夜〉，《臺北人》（台北：爾雅，一九八三年），頁一四一。

⑮同註⑫，頁三七。

⑯陳映眞：〈夜行貨車〉，《陳映眞小說集3》（台北：洪範書店，二〇〇一年），頁一八五。

⑰黃春明：《看海的日子》（台北：皇冠出版，二〇〇六年初版六刷），頁七七。

⑱邱貴芬：〈落後的時間與台灣歷史敘述——試探現代主義時期女作家創作裏另類時間的救贖可

能〉，《文化研究月報》之「三角公園」第二十八期，二〇〇三／六／十五（網址http://hermes.hrc.ntu.edu.tw/csa/journal/28/journal_park229.htm）。

⑲柯慶明：〈六十年代現代主義文學？〉，《四十年來中國文學》（台北：聯合文學出版社，一九九四年），頁一一八。

⑳邱貴芬論六〇年代台灣現代主義，提到：「許多評論家認爲，台灣現代主義文學最大的弊病在於其簡化了西方現代主義的複雜性，只複製了其中中產階級對『現代性』天眞的擁抱，卻未關照到西方現代主義黑暗的那一面。」又，「台灣現代主義模仿操弄西方現代主義文學的形式和語言，卻架空了西方現代主義在其歷史時空環境所展現的實驗和創新精神。時間上的落後似乎注定了台灣的文學和歷史只能是西方的『仿冒』和『盜版』。」

㉑語見林鎭山：〈漂泊與放逐——陳映眞六〇年代小說中的「離散」思潮和敘述策略〉，《離散・家國・敘述——當代台灣小說論述》（台北：前衛出版社，二〇〇六年），頁六七。

㉒（法）雅克・德里達（Jacques Derrida）著，蔣梓驊譯：《多義的記憶——爲保羅・德曼而作》（北京：中央編譯出版社，一九九九年），頁六九。

㉓同上，頁六〇。

㉔李渝：〈夜煦〉，《溫州街的故事》（台北：洪範書店，一九九一年），頁三八——三九。

㉕同上，頁四〇—四一。

㉖同上，頁二九—三〇。

㉗關於「意識流」，可參考《文藝新學科新方法手冊》（上海：上海文藝出版社，一九八七年）頁四一三—四一四。

㉘柯慶明：〈六十年代現代主義文學？〉論及，「在現代主義的修辭策略下，所謂『詩』與『散文』的界限就模糊了。」其實不只詩／散文，小說與詩的界限亦是。見《四十年來中國文學》（台北：聯合文學出版社，一九九四年），頁一三三。

㉙李渝：〈她穿了一件水紅色的衣服〉，《溫州街的故事》（台北：洪範書店，一九九一年），頁六六。

㉚參見《聯合文學》第四卷第九期（台北：聯合文學出版社，一九八八年），頁五一。

㉛李渝：〈夜琴〉，《溫州街的故事》（台北：洪範書店，一九九一年），頁一一四—一一五。

㉜王德威：〈序論：無岸之河的渡引者——李渝的小說美學〉，《夏日踟躕》（台北：麥田出版，二〇〇二年），頁八。

㉝李渝：《應答的鄉岸》序（台北：洪範出版社，一九九九年），頁二。

憂鬱且豐饒

從李漁畫論，探其身爲小說創作者的心源世界

余承堯・《群峰挺秀》

黃昏時候，霞光薰透了天地，滲透了雲層，湧起了海水，宇宙靜曖，島嶼浮沉，

從右上角，夜就要安慰地攏來，全體閃爍著匯歸前的溫暖光芒。

或者，它是大火在焚燒，熊熊一片掠過畫面，只留出燒得焦黑的幾塊椿岸，火焰

就要吞滅一切而黑暗正在進襲的時辰，全體閃爍著終局的輝煌。①

寫下這段話。如核爆，人的眼睛無法承受的極度光焰，色團爆炸，如菌孢飛射而出，飄漫、然後緩緩沉落下來。小說家的目光跟著畫面移動，文字如賦格相隨；在比論畫作的同時，也像工筆描出自己的心源之境。文字行列中有焦黑、黑暗，有火焰，有焚燒；有靜䨴有霞光，而終局於輝煌。

一、鬱的容顏

從兩張照片開始，李渝的〈光陰憂鬱〉，寫畫家趙無極的半生經歷，時間在快門按下的剎那停格；凝結住的彼端：時光依舊富有，愉快，充滿著祝福和期許。②然而，現實時間無法駐停，它繼續前行，畫家自中國到法國，歷經婚姻的失意與另覓愛侶，人事滄

桑，卻疊出他繪畫的整體成熟。李渝用了「鬱的容顏：傳統美學」一題，將趙無極放到傳統山水「鬱然」的行列；隊伍中有李成、董源，有郭熙、范寬、米芾等。熟悉李渝藝評的讀者，對這幾位於中國山水畫史中，有開創地位的大家，想必十分熟悉，他們曾經不只一次地出現在她筆下，若說作家心裏有張繪畫地圖，那麼，上述行列中的山水大家們顯然分據並合構出這張古典地圖。地圖的醒眼處標上一個「鬱」字，那是中國山水畫特有的氣質，也正是李渝心源內境的一個美學起點。

鬱，在中國繪畫中並不陌生，幾篇著名的早期畫論不約而同都寫到它——

十一世紀的李成在《山水訣》中，使用了「鬱然有蔭」來描述樹石的秀潤挺茂。十二世紀郭熙在《林泉高致》裏，說到如果無法親身徜徉林泉，與煙霞為侶時，訴之妙手，能使美景「鬱然出之」。十二世紀的米芾不止一次談到山水的「鬱蔥」和「鬱蒼」。……有一組辭彙似乎特別要引起我們的注意；「蒼」、「淒」、「寂」、「肅」、「虛」等，在上下文中的使用和放置，像路標還是暗碼，有意無意間，已經在提醒和指引著我們，前去精神上的鬱的領域——③

早在山水仍處於人物畫配飾地位時，以山水為主題的創作，早由詩歌形式表現絢麗。先是「山水」與「自然」一體不分的階段：「自然」被當作與禮教對立的抽象概念，訴求在於如何「越名教而任自然」。《易經》中有自然八物：天、地、雷、火、風、澤、山、水；在孔子，則成了「知者樂水，仁者樂山」的體現，山水始終被某種道德價值所附比。至魏晉南北朝時期，這樣敬畏與膜拜自然的現象，有了明顯轉變。一是老莊思想的再興與玄學思辯的流行，「自然」漸褪嚴峻外衣，得以素樸相見。④「山水」作為代表自然風景之意，首次出現在西晉左思的〈招隱詩〉：

非必絲與竹，山水有清音。⑤

自此而後，「山水」一詞普遍出現在文人詩詞、論著中。如謝靈運〈石壁精舍還湖中作詩〉的「昏旦變氣候，山水含清暉」，典籍中，山水一詞更俯拾皆是。在這「莊老告退，而山水方滋」的年代（《文心雕龍》語），山水詩代表的是眞實地接觸自然、與自然相親，而不只限與名教對抗的哲學思辯。王文進比較南朝「山水詩」說到，《文選》中雖未列「山水詩」一項，其實「遊覽」與「行旅」兩類，正收錄了大量遊覽與行旅得來的山水印象。文中提到：

此處山水景物雖然已跳出秦漢以來神意及道德的制約，轉而呈現出豐富的人文色彩，但是「行旅」之中的山水，色調總是來得凝重深沉。鮑照〈還都道中〉：「昨夜宿南陵，今旦入蘆洲，客行惜日月，崩波不可留」。夜宿南陵，旦入蘆洲，言其兼程趕路之苦。客子漂泊天涯愈覺歲月不居之苦，眼見年華若江波之高湧，又若江波之崩碎，「崩波」實乃南朝人在山水中宣洩出來的新感性。但行旅之際實來自一份鬱鬱難遣的愁思。隨後雖有「騰沙鬱黃霧，翻浪揚白鷗」的佳景融入詩中，但是仍爲篇末「倏悲坐還合，俄思甚兼秋」之句再度襲上灰暗色調。⑥

文中所說的「凝重深沉」與鮑照詩的「騰沙鬱黃霧」、「三山鬱駢羅」⑦，我們不妨就從這反覆出現的「鬱」字，從文學的「山水」過渡到繪畫，此「鬱」正是創作者取徑山水，寄情山水，忘情山水，泳泗山水中的心情感受。

南朝宗炳〈畫山水序〉已經提到：夫聖人以神法道而賢者通，山水以形媚道而仁者樂，不亦幾乎？⑧宗炳曾跟隨慧遠隱居廬山，慧遠的「法身觀」對他有深刻影響；無形無名的法身，可寄託在各類有形有名的物事中，如形與影，依存相隨。宗炳用以闡釋山水畫家與山水的關係，畫家透過心的領會與感悟，捕捉到「質有而趣靈」[9]的山水。可見得中國山水畫不只求形似（此即東坡所言：「有常理而無常形」），「應目會心」[10]、「外師造化，中得心源」[11]，畫家藉巧藝將領會的山水躍然紙上；觀畫者經觀畫，直通畫家心念，進而體會宇宙諧妙，「山水以形媚道」意即在此。從宗炳而下，五代的山水大家荊浩寫下《山水訣》[12]，北宋的郭熙《林泉高致．山水訓》首句便問：君子之所以愛夫山水者，其旨安在？處丘園、樂泉石、適漁樵、親猿鶴等，人固所願，而日常塵囂不能常得，因此：

> 林泉之志，煙霞之侶，夢寐在焉，耳目斷絕，今得妙手鬱然出之，不下堂筵，坐窮泉壑，猿聲鳥啼依約在耳，山光水色滉漾奪目，此豈不快人意，實獲我心哉，此世之所以貴夫畫山之本意也。[13]

於是，山水畫成爲「可行，可望，可遊，可居」者，[14]雖身在廟堂樓閣，畫在眼前，身即可入自然之境。此時的山水畫已經迢迢離開了東晉顧愷之《洛神賦圖》時，山水以不協調的比例、古拙的山石、單調木葉，以爲畫中故事隔屏的次要位置⑮；王維的「破墨」、「皴筆」，荊浩、關仝的北方雄渾山水，再到靜穆莊嚴的李成與巨型山水的范寬。一代又一代畫家的往前行去，不止將山水畫帶入可行可望可遊可居之境，更體現畫家應目會心、萬趣融於神思、與天地自然應和的妙悟。高居翰（James Cahill）以傳爲李成所畫的《晴巒蕭寺》爲例，論說從唐到宋，畫家創造力與繪畫的驚人成就，呈現了如何的面貌：

山巒靜穆，枯樹兀立在稀嵐裏。黑樹幹清晰地矗立在前景，向後退去時，則漸淡成影而消失。曾爲唐及唐前山水基本特質的溫暖顏色和魅人的細節，在此都被犧牲，以便成就一種新的莊嚴氣氛。唐代山水畫家把自然界的各種成素加以清楚地分析、描寫，再聚合成山水圖畫的表現法，再也無法滿足宋代藝術家，他們想以直覺的方法來了解物質世界。他們把視覺印象轉化成非常連貫的形式，以體現他們自己對潛在於自然外貌下的，連貫的、秩序的堅定信仰。同一種信仰也曾啓發宋代哲學家，使他們建立了宋儒宇宙觀內龐大而井井有條的結構。⑯

高氏行文，譬李成為中國最偉大的山水畫家，「他擅畫冬景，也許是因為冬景的某些肅穆氣氛與他本人性格很配合吧。」[17]前後兩段話，他先用「莊嚴」，再用「肅穆」，既寫李成山水，也同時寫出五代到宋，幾位山水大師的特質；經由畫作，我們得見藝術與自然的完美平衡。

二〇〇六年歲末，台北故宮博物院展出「大觀——北宋書畫特展」，展廳內，（傳）荊浩的《匡廬圖》、李唐的《萬壑松風圖》、范寬《谿山行旅圖》、郭熙《早春圖》四幅巨型山水一字排開，光陰縹遠，它們如巨碑矗立，畫面各自包含寫實的細節：山川、樹石、雲靄、溪流、行人，細膩具備；但驚人的是整體的協調與氣勢，如此深邃，挾帶當代的哲思，滿溢畫面，的確不由讓人聯想「莊嚴」、「肅穆」等字眼。

他們從不純以奇技感人；一種古典的自制力掌握了整個表現，不容流於濫情。[18]

高居翰所稱的這「古典的自制力」，正呼應了荊浩的畫之六要：一曰氣，二曰韻，三曰思，四曰景，五曰筆，六曰墨。

氣者，心隨筆運，取象不惑；韻者，隱跡立形，備儀不俗；思者，刪拔大要，凝想形物；景者，制度時因，搜妙創眞；筆者，雖依法則，運轉變通，不質不形，如飛如動；墨者，高低暈淡，品物淺深，文采自然，似非因筆。[19]

各個畫面，各種形象，皆有其內在聯繫，運用之妙，存乎畫家一心。意在筆先，聚精會神，提煉取捨，施諸筆墨，更合於宋人的節制美學。李滄說：「包括了荊浩、李成、范寬、巨然、董源、郭熙在內的十、十一世紀，是不向寫實主義發展的中國山水最接近物體世界，最具有實觀的一個時期，也是理論架構和視覺秩序同時獲得精心照顧的時期。」[20]其所謂「精心照顧」，大體即高氏所說的「自制力」了。而這自制力發諸筆墨，體現於畫面，自有一派森然大氣，如老僧溫吞，不輕佻不躁進。

郭熙《林泉高致》起首的：今得妙手鬱然出之。鬱然之「鬱」，在詩人筆下，是行旅中的山水：「江路西南永，歸流東北鶩。天際識歸舟，雲中辨江樹」（謝朓〈之宣城郡出新林浦向板橋〉），於茫茫浩瀚天際尋索歸身之舟，在雲霧縹緲中索辨來時的江樹，色調如此凝重深沉。[21]亦是謝靈運〈石壁精舍還湖中作〉：

昏旦變氣候，山水含清暉。清暉能愉人，遊子憺忘歸。
出谷日尚早，入舟陽已微。林壑斂暝色，雲霞收夕霏。

日夕昏暮，光度漸要褪去，細微線條與色塊，斂收攏入山林丘壑；斑斕霏色，稍縱即逝，在暗去前，盡鋪漫於谷中雲霞。詩人心有所悟，以詩詞敷演；畫家觀之，山水雲霞鋪呈紙上。荊浩應答友人，題詩畫上：「恣意縱橫掃，峰巒次第成。筆尖寒樹瘦，墨淡野雲輕。岩石噴泉窄，山根到水平。禪房時一展，兼稱苦空情。」[22]這「苦空情」，是畫家心裏的「鬱」，亦即畫紙上的「鬱然」。這是中國山水的特質，在荊浩，是磅礴的全景山水[23]；在董源，是無數苔蒼無數皴線所呈現的景色，其江南多泥披草的山巒，與明晦風雨，如斯粲然，卻如此蓊鬱。時入宋代，范寬則再次示範了三家山水鮮明風格與動人的審美內涵[24]。《宣和畫譜》載錄其話：「吾與其師於人者，未若師諸物也，吾與其師於物者，未若師諸心。」[25]強調學習自然，出自本心手眼，將荊浩以來的全景式大山大水，發展得更加雄渾。其《谿山行旅圖》，高聳突兀地將畫面三分之二，全留給深遠的山巒，因為比例懸殊，這山顯得幽遠磅礴，也更深邃鬱然。北宋中期的郭熙則融合范寬崇峙與李成的墨法表現，其畫論（《林泉高致》）與創作，雙雙開創了北宋山水畫的新局，現藏於台北故宮的《早春圖》即爲代表作：前方近景大石與巨松連蜒而上，與主峰銜接，兩旁山巒如蛇腰扭轉，使全圖產生一股迫人氣勢，但因濃淡墨色的渲染，以及細節質理的精緻，全圖看來生機充沛，且氣度大方，在在體現他的畫論：

> 眞山水之川谷，遠望之以取其勢，近看之以取其質。眞山水之雲氣，四時不同，春融洽，夏蓊鬱，秋疏薄，冬黯淡。盡見其大象而不爲斬刻之形，則雲氣之態度活矣。[26]

此一「鬱」的傳統，在李渝畫論譜系裏繹延千里，在她的趙無極與李可染創作評論中，再現蹤跡。

一九〇七年出生於蘇州的李可染，前期作品受朱耷、石濤影響，畫山水和寫意人物，畫風淡簡又筆墨縱橫。對日抗戰勝利後，拜師齊白石、黃賓虹，並深入研究前代眞蹟，對於古典畫論，如「氣韻」、「神韻」、「以大觀小、小中見大」、「咫尺有千里之勢」等法則，於筆墨間實踐。[27]六〇到七〇年代，李氏屢次長途寫生，每一遊歷，都使得他的繪畫成績更攀高峰，他的山水寫眞，讓我們聯想到旅居太行山的荊浩，爲了如眞重現蟠虯的古松，日日帶著筆墨寫生，而李可染更有西洋畫法的挪借，透過寫生，企圖達到「造化在手」、「白紙對青天」之境。對他來說，「祖國」、「江山」、「河山」，近乎同義詞，他的畫是另一種形式的，爲中國立傳。李渝便是從「民族主義集體活動心靈意志」切入觀看李可染：

和眾人的畫放在一起，李可染總能脫穎而出。他的紙似乎總比別人厚幾層，水和墨也沉得多。別人的畫一眼看完了，他的畫越看越豐富、越生動，從紙面漸入紙裏，各個角度都能使眼光流連。筆墨交染、重疊，誘入縝密的質地感，同時代其他山水畫家無法比擬。還有一種沉重非如同中國文化者，不足以產生的憂鬱氣質（上追清畫家龔賢），也是同時代任何人都不具有的。㉘

「光」與「墨」的變幻，形成李可染獨特的風格，屹立千年的中國山水、一種承自范寬的飽滿構圖與山勢迎面而來，瀑布濃縮爲一條白色的裂隙，用沉澀的筆調一寸一寸地刻劃出來，綿綿密密地深入每一個角落，內容如此豐富飽滿。這既鬱結，又靈虛的畫面，深深撼動著李渝，她稱讚畫家將郭熙所提出的「三遠」透視原則做了可觀的闡釋。

高聳的巖幛阻擋了背後的空間，也阻擋了從那兒來的光。幛前很陰黯，葉和草叢隱融在山影裏，依稀只見輪廓。但是從山巔和陂隙，光仍舊就要進來，照亮了幾條徑路、幾步臺階、幾株纖秀的樹；在一些留白和色淡的地方畫家反覆玩弄光色，送來逆光中的光的訊息。

無光中有光，鬱結中也有虛靈；幛面不是塊墨黑的實體，而是由背光和反光和律動著的線條，層層織成了多孔的呼吸體。線條浸溶著古典的抒情品質，潺湲溫雋，穩健中有一點隨意，有個性卻沒有躁氣。㉙

黑。滿。崛。澀。那些他艱苦跋涉過的山川江河與峰巒林陌，在他筆筆層疊的濃墨下，如此「壯鬱」。㉚其逆光畫法，捕捉住歷來畫家不善或未曾注意的瞬間美感，那是自然景物在陽光下的「黑亮」逆光效果，李可染在滿塞的畫面中用幾個亮白的點、線、面使其通風透氣，讓它呼吸。那山川林壑因黯黑而深邃沉雄，幽渺一如宋元以來的山水，使人心生敬畏，但凝重中卻有光隱隱透出，像畫家的心源，堅毅透亮。

這是動人的「鬱」。

如果說，「爲祖國河山立傳」的李可染，是中國現代山水畫向寫實主義靠近；那麼，同時代的趙無極則是將西方的抽象繪畫方法和中國畫寫意畫法的空靈意象融合。從中國到法國，他將油畫畫成寫意，用稀薄的油彩潑墨，乾澀的筆法皴染。一般評論者總從趙無極的中西合璧，酣暢油墨的抒情抽象來論述他，李渝則將趙無極類比於李成、巨然、范寬、董源的鬱然林木，並著墨其蘊漫著的淒蒼氣質。其他論述總在畫面上究析趙無極，只有李渝追索他的心內圖像，那是創作者對另一創作者的知與感，幾句話，既是論畫，也像敲著自己創作的心門：

李成、巨然、范寬、董源等的畫作在林木鬱然間，總是蘊漫著淒蒼的氣質，這種效果只不過是因爲時間沉澱在絹紙裏，絹面黝暗了，於是森森然襯托出鬱憮的視境，還是更因爲神經敏銳的畫家受感於景色時光，面對了宇宙和生命的渺茫虛惚，心裏生出一股憂鬱按捺不住，在筆墨中洩漏了眞情呢？

如果我們依現在的知識或者推理習慣，從畫面憂鬱就說范寬、董源等人可能性情憂鬱，或者甚至於有憂鬱症傾向，當然是種危險的跳論，何況有關資料目前也不能支持這樣的假設。**只是在藝術創作的世界，外相出於心源是種普通常識；視覺上的鬱然**

如果不是貼依著內心的鬱然，或者說，如果沒有心中的鬱，景面上的鬱是否能呈現到這樣動人的程度呢？㉛

同樣的話語，我們在李渝小說裏感覺到：外相的鬱然正直映出心源內的鬱然。

> 溪山縹遙無盡。天水林木都化作了氤氳，變成混沌眾世的一部分。在這恆久的混沌裏，千億人生活著；故事進行著。從神話裏的興林國，經過了梁文帝天正年間，經過了一九七五年春，經過了此刻，還要向百里外的長江奔去。
>
> ——〈江行初雪〉㉜

寫在一九八三年的〈江行初雪〉，小說內的時間穿梭來去古代、明清，以迄現代。爲了追索檔案室抽屜中的一張圖片，一張天光照下，隱約現出金光的圖片，主角來到中國的潯縣，尋找玄江菩薩。故事還沒有開始，文字已經勾勒畫面，構圖出現：

> 這行雲流水似的身體上，菩薩閤著眼，狹長的睫縫裏隱現了低垂的目光。鼻線順

眉窩直雕而下，在鼻底掀起珠形的雙翼。嘴的造型整潔而柔韌，似笑非笑之間，游走得如同蠶絲一樣的輪廓，靈秀地在嘴角扯動了起來。

早期南北朝的肅穆已經軟化，盛唐的豐腴還沒有進襲，莊嚴裏揉和著人情。十三世紀的時光像一隻溫柔的手，把如曾有過的銳角都搓撫了去，讓眉目在水成岩的粗樸的質理中，透露著時間的悠長。

揉含著悲傷的微笑，與其說是笑容，不如說是在天上守望著人世間的動靜生滅，來去是非，心裏發起悲憐，於是不得不脫離本尊諸佛們的寂然世界，降生到凡世，共分眾生的困難，超度世間的苦厄，在笑容後面牽動的，其實是悲哀和憐憫的意思。

人物還未登場，背景鋪上，暗暗的鬱色，菩薩在光裏，在幽微處低斂雙目。爲了玄江菩薩而來，穿插在故事與故事間，作家不忘在橋段與橋段處，勾勒數筆，填上顏色：

黑夜還沒有全來，冬日的黃昏也不留餘暉。晚霜很快浸襲，穿行在松幹間，沉迷在石板鋪成的小徑上。雕花木窗的上簷，日光燈已經先開亮，在黯淡的暮氣裏，濛濛地閃著筆直一條幽青的光。

然後，是一連串的尋找與追憶，妙善公主剜目斷臂救療父王；跪坐廟宇壁腳的老婦，牽引出以腦治腦、以腦引腦的故事；那年，潯縣的鳥不飛不動，卻在岑家姑娘淒厲的喊叫裏，「黑壓壓一大片，掠過漆黑的朝陽街上空，向江邊飛去。」

朦朧的清晨，白堊土的牆，清灰色的瓦，石板路旁有河道，河上有月形的橋，橋旁有夜泊的木船，船尾蹲著生爐火的婦人，正用一把裂開的蕉扇仔細地搧，斜著頭，避著爐上的灰煙。

灰煙裊裊地升上天，天上有一彎浸了水的下弦。

……

而玄江菩薩的故事，從水成岩的六世紀到塗金的八〇年代，究竟是美術史上的一個纏綿惻悱的傳說，還是曾經的確發生過，而且還要繼續發生下去的事實呢？

故事在靄靄的一片霧灰裏說完，神話、人世、美術史揉撫並置，因爲神話而使故事帶了淡澄金色，因爲藝術而使故事更加昇華雋永。巧手安排，全在作家的運籌帷幄之間，那纏綿悱惻、或黯淡荒唐，充滿了畫面的鬱然。

厚厚的金漆後面，妙善垂著雙目，從細長的睫縫裏端看著眼前人間的我們。嘴角微揚起的程度已經淹沒在徜徉的油漆下，然而柔弱得幾乎浮現不出的，仍舊是那不欺的笑容。無論人間怎麼翻騰，加諸在她身上的凌侮多麼沉重，一手從垂著的五指流出起死回生的生命之水，另一手推射出呵護眾生的五色之光，靜立在黯淡的室中，承受著人間所有的荒唐，引渡所有的辛苦到諸佛住持的淨土。

〈夜晌〉是另一凝重鬱然的中篇小說。

同樣在過去與現在時間中穿梭，現在時間中，爲焦慮症所苦的主角，每一出場，就像一團不見邊界的黑影：「穿著看不出顏色的寬外衣，低著頭和頸肩和似乎是放在口袋內的手臂接連成一個輪廓，走動在夜來的光線裏在橋的地面不投落影子；模糊曖昧的形狀與其說是身形不如說是就是影子自己吧。」[33] 李渝用了許多不加句逗的長句子，來呼應主角的焦慮，身處現代無來由、無從驅除的壓迫。

我經常沿著一個小湖走。天暖時湖上游著灰頸綠翼的野鴨子，天冷湖結成寂寞的鏡片，孤立著幾枝沒有完全沒入水裏去的枯枝。黃昏到夜來前的一段時間水色最是黯淡，這是因爲周圍的樹林擋住了西去的天光而夜又還沒有走到頂上的緣故。然而這時林的背後往往昇起一片豔紅的顏色，像似整座城都燒燃起來了。包圍在外側的城市正飛囂著各種聲音，經過樹林的過濾到湖邊變成陰沉的隆隆聲，似乎某種危機正窺伺著合適的動機。

於是整個小說彷彿處在一個低氣壓、青瓦似的灰色，焚香似地煙霧繚繞，揮之不去。這鬱色已經瀰漫，還有一個老去的憂傷時光中的故事：一位菊壇女伶，當紅時候退隱嫁入官僚家庭，艷美的劇照方被家庭照片取代，笑容仍馨美，冷不及地，突然在報上見到她以匪諜身分出場、逃亡。「城市嘩然、島嶼轟動」，你以爲是才子佳人的、天上人間的、足以洗滌塵土救贖煩俗的美麗女子，就這樣帶著陰影，從你的世界消失。

從低於地平線的地下室你可以看見窗外山巒隨漸遠去的距離而疊落成層次漸起伏的

綠色線條。似乎有輕煙從地裏昇起，淡化了山腳的色調。曾經黯淡著私奔事件的傳聞謠言附會誹謗中傷，一一飄浮過溫暖而寧靜的窗前，消失了。

全部是蒼青色的，從背景到台前，像余承堯的蒼鬱，濃得凝練濃得沉宕。

一律都是黯淡的記載，多麼叫人焦慮和恐懼。

只有月亮亮堂堂地照著，照得你一身透明溶入透明的周圍成爲青白的光體。

不眠的夜，天空也是醒著的；從午時的幽朏逐漸通過各種青紫色系而進入其他光色。我們常說黑夜黑暗的夜黑漆漆的黑摸摸的夜伸手不見五指儵黑的夜黶冥的夜等等，其實說的都不是實情；夜是光亮的，這光亮的夜無非是個被人遺忘了忽視了的極其自然的現象。

不眠的夜，不能成眠，青紫而入漆黑；日子像漫長的甬道，你「兢兢業業地走完甬道（多麼長的甬道呀），來到鄉野般的所在，按照一張字條（報紙的一角剪來的）和一張地圖，找到了灰白色的房子。」一位優雅的年長的婦人讓你坐在潔淨的客廳，在青煙似的抖動的一寬條的海前坐著。有種酣甜的安靜。

你多麼希望有一天（當所有世俗的職責都已盡成），你能和你的愛人一同回到故鄉的海邊，離海岸一段距離的地方住一間簡單的房屋，在那兒完成你最想寫的幾篇小說。

女伶的故事在北地的蒼鬱裏再被拾起，失而復得的記憶，和重回舞台的祈禱似的身影。

……那能起死回生的是怎樣的一首曲子呢？

很輕微地歌聲開始了。細密的心思猶豫的愛情，遲遲不敢啓口。慢慢地清楚了確實了自信了，試探著，進入複雜而艱難的音域。高峯開始出現並且蜿蜒疊進；你不由得清醒過來坐直身子由它帶領，全心全意追隨一刻也不能放棄，從陰沉晦黯的焦土進入繁花甜雨的世界。

那是一首能夠起死回生的曲子。

召喚前來的，是蜿曲的溫州街，花色的曬衣，櫛比在陽光下的屋脊，木棉的梢頂，和青綿綿的觀音山。

這是李渝心境裏一張永恆的圖畫。

二、偏鋒異端

中國美學以公共道德意識和人倫規範爲正統，訴求君子的德風、人的和諧，與社會／宇宙的契合。藝術可蓊鬱蒼鬱，卻不可抑鬱憂鬱。人性中的曖昧，陰暗，晦澀，焦慮，恐懼等，令人不安屬於黑暗，不能讓它們出面。非主流、反人倫的活動不能去鼓勵，如果無法加以剔除，就要運用「文人畫」的守則，啓動儒家人格論，或者民族主義、家國意識等，來改換面目，努力收編。譬如遇到了卓越的異類，像乖譎的米芾、精神病患徐渭、頹廢派陳洪綬、躁鬱病狂八大山人、神祕主義者吳彬等，都不便觸及他們的心理眞相實況，還得把他們的悖逆反常解讀到狷介文人、放逸隱士、愛國遺民等等的範疇內，才好編入正史。㉞

對於在一九七〇年代，積極投入釣魚台運動，自況自己於政治，是**「在情性上不合不能」**[35]；以及一九八三年底才以〈江行初雪〉獲中國時報小說首獎，一九八四年初，即挺身爲該篇小說被認爲是反共小說等認知問題發表〈屬政治的請歸於政治，屬文學的請歸於文學〉的李渝，即使小說語言或時顯媚麗，但那骨幹姿態從不是柔順的。〈關河蕭索〉裏，收到友人邀約，即背上旅行袋匆忙赴會、參與示威活動的主角，約可得見作家不受拘主流、帶叛逆的身影：

父親是立法院屬下的一名官員，職位雖不頂高，家裏進出也有一批閒人，都是些語言無味，趨炎附勢的，把中國那套官僚行爲發揮得淋漓透徹，使年少的我痛恨著，這種痛恨幾乎要把父親也包括了進去。他們可以無休止地翹著腳，喝茶聊天講風涼，說一些人心不古，今不勝昔，自己如何懷才不遇且又恭維對方如何高明的話。然而無論高明到何處去，結論無非是把四方桌扯開，把麻將打上。

我怔立在街角，周圍一切車輛行人，一切事物，都在我眼耳旁肅靜消失下去，只有這人潮活躍著，喧騰著。我感到血液一陣陣匯集起來，沖湧進心臟，使我的心在近零下的冷天裏急促而熱烈地勃動著。
中國人的臉也可以這樣光輝彩耀麼？除了麻將桌上的臉也有這樣的臉麼？㊱

這樣帶著激亢、近乎「痛恨」的革命本質，正如「鬱」的蓊森纏綿，恰是小說家李渝心靈祕境的兩大黯流；或小說與文藝評論，或面對「無聲的中國」，其「國民性中的封建保守，愚昧虛妄，貪婪暴虐的普存」，或是人世的滄桑，這「激」與「鬱」不時湧現蕩流。

那反叛的身影亦可從其研究題材一窺端倪。李渝的博士論文題目，是清代《市民畫家任伯年》㊲。藝評論集的第一篇〈民族主義集體活動心靈意志〉，起首便談民族主義是如何地影響中國繪畫，又，各種形式是如何成爲中國繪畫的枷鎖：「山水在唯漢民族獨尊的古代，是世界；在被外勢包圍侵犯的現代，是祖國。它可以伸展成放懷寄情的宇宙、造化、心源，也可以縮小成保護傘、安全毯、國粹主義、地方主義。可大可小，可放可收，有正有負，神力無邊。醞釀在優勢中，民族主義可以解放心靈，把人提昇到頌讚的聖堂，醞釀在劣勢中，尤其是當它被使用成教條、功利主義時，也可以封滯心靈，成爲創作的沉重的枷鎖。」㊳從民族到現代到世界，作家討論水墨在各個進程中的伸展與失落，其關鍵往往就在核心「文人」的位置；此一關鍵使得**畫家（作家！李渝！）始終**

放在一個與環境牽扯的位置上：人與自然，人與社稷，人與傳統，人與民族，人與世界，人與宇宙。如同繫在一條線的兩端，那端一更動，一傳出不同的訊息，這端的畫家就要部署調整。[39]

中國繪畫源於自然的和諧，山水思想與山林文學同步而來，徐復觀說「有實踐上的隱逸生活，而又有繪畫的才能，乃能產生眞正的山水畫論」[40]，這眞正的山水畫論，在宗炳〈畫山水序〉，及五代宋初的畫作中實踐了，並從荊浩的《筆記法》，到郭熙的《林泉高致》；從實體山水、氣韻理想，到意存筆先、觀照造化，「隱逸觀念已由道家之隱轉爲儒者之隱」[41]。

古畫畫意不畫形，梅詩詠物發隱情。
忘形得意知者寡，不如見詩如見畫。

——歐陽修〈盤車圖〉

蕭條淡泊，此難畫之意。……而閑和嚴靜趣遠之心難形。

——歐陽修〈六一跋畫〉

獨韋應物、柳宗元發纖穠於簡古，寄至味於淡泊，非餘子所及也。

——蘇東坡〈書黃子思詩集後〉

曾經，在唐代，山水畫一直代表隱逸者的情思託喻，尤其是嚮往山林之趣的道家；然而，隋唐大盛的禪宗思想，近一步結合了道家哲學，在這「莊老告退，而山水方滋」的年代，把繪畫更帶入白雲青山、深邃幽境。從宗炳到荊浩，再到郭熙《林泉高致》，畫學主張要「養」，要「敬」，要「誠」，第一次由隱逸者的立場，轉爲士大夫立場。理趣、哲理、詩意、「得形忘意」、「蕭條淡泊」，宋儒的平淡美學已經決定了後世文人畫的原則取向[42]。然而，要到達明代文人畫主張與創作齊揚的階段，中國繪畫仍需經過元代畫家，因世局而不得不隱、不得不逸的過程。下面記下的，是《漁父詞》兩首：

人生貴極是王侯，浮利浮名不自由。爭得似，一扁舟，弄月吟風歸去休。

——管仲姬

洞庭湖上晚風生，風觸湖心一葉橫。蘭棹穩，草衣輕，只釣鱸魚不釣名。

——吳鎮

前者，是元初畫家趙子昂夫人所作，大隱隱於市朝，元早期畫家猶在魏闕與江湖間徘徊，山水之色一再招引；然而，家國之恨、種族之爭，文人命運一入元代中期，更加坎坷，這樣「非吏非隱，不儒不仙」[43]的方式亦難以爲繼。吳鎮這詩，寫出了眞正的隱逸，浪遊於湖光山色，仕途的絕厄，反帶來創作的大自由與大解放。從官場獲罪、出獄避世的黃公望，到無一日爲官的吳鎮、王蒙、倪瓚，元代四大家，個個身如野鶴，心若不繫之舟。王蒙題詩〈溪山高隱圖〉上：

> 我於白雲中，未嘗忘青山。城府吾奇觀，知往不知還。往者不可勸，來者又何關？臥至飛鳥還，山青雲自閒。

這是一個最困頓的時期，也是一個最美好的年代，那樣的恬澹、遠漠、閒逸……，中國繪畫史上，再沒有一個時代有這樣整體的「澹泊」與「蕭疏」表現[44]；元代畫家用畫作告訴世人，當儒家信條無從施展時，他們示範了身心安頓的可能。儒、釋、道，誰隱誰顯，再分不清。至正年間，畫家顧德輝《自畫小像》題：「儒衣僧帽道人鞋，天下青山骨可埋。」可見一斑。《周易》艮卦的彖傳有云：

艮，止也。時止則止，時行則行，動靜不失其時，其道光明。

北宋理學家程頤、程顥說：「一個艮卦，抵他一部《華嚴經》。」有道則現，無道則隱，元代畫家在隱與現之間，找到一個悠然境地；並非良順、愚民，世道惘惘，遠離煩俗，是不二法門。

畫家張雨所論韜晦之法，曾言：「志逸心疲，身清命濁，逃同類而親猿狙，毒厚味而美藜藿。學取益而不勝其損，事知危而姑與之安。一龍一蛇，不厭之深渺，惡衣惡食，先憂人之飢寒。忽然爲人而反常至此，何以祛有身之患？」不正是理學家所言：時止則止。又如倪瓚的《六君子圖》，三段式平遠構圖，近處荒石亭立疏朗林木六株，隔水山色，水波不興，遠方肅穆淡靜，如此荒寒蕭索。

李渝就看到元朝畫家所處環境，及淡遠畫幅底下的抗爭精神。她說：

就畫家和社會的關係來說，「正脈」山水畫家承接的是文人理論中沒落而保守的成分。而在蒙古人統治下，優秀的文人畫家元四大家，徜徉江湖，在山水樹石間表現的慷慨荒涼之情，以及用消極態度抵制異族統治的民族精神，都被官僚畫家們完全遺忘。無論是才氣與理性兼備的董其昌，還是後來那批人云亦云依樣畫葫蘆的「正脈」子孫們，後期文人畫家不知承襲元四大家的時代意識，只營營鑽研於抽象又架空的逸情、雅興、遠意；不探究四大家的抗爭精神，只知模仿他們的「皴法」、「分筆」、「轉筆」、「側筆」。使文人畫從中國知識分子用來消極反抗蒙古民族統治的民族文藝武器，淪爲特權士大夫們玩弄於股掌上的消遣東西。落到他們的筆下，繪畫失去了批判現實、反映畫家社會胸懷的現實意義，卻成爲一種消閒藝術。後期文人畫的本質實在和富裕人家中的盆景、玉石，或姨太太之類相去不遠了。[45]

作家所指「正脈」畫家，自是明代董其昌「南北兩宗論」以下的影響了。《畫旨》暢論：「禪家有南、北二宗，唐時始分，畫之南、北二宗，亦唐時分也。但其人非南北耳。北宗則李思訓父子著色山水，流傳而爲宋之趙伯駒、伯驌兄弟，以至馬、夏輩。南宗則王摩詰始用渲淡，一變鉤斫之法，其傳而爲……荊、關……董、巨、米家父子（米芾及其子米友仁），以至元之四大家。」[46]董其昌在中國繪畫由唐的風華，宋的院體與寫意，經元代隱逸而下，選擇了看似彼此不相屬，卻平行發展的繪畫傳統，加以追本溯源，當然有其藝術技法、當代環境、哲學思維等等因素。他的確「一勞永逸，建立正統觀念」[47]其影響巨大地左右了晚明，以至有清一代的繪畫生態。他的畫論畫風被奉爲典範，其追隨者自稱，亦被後世視爲「正宗」。高居翰說他是當時最有影響力的畫家，且極特殊地分別作用於兩類風格迥異的畫家身上：

他的影響力及於兩類截然不同的畫家，而且，兩類畫家都並未完全以他的風格爲典範。他那些被稱爲「正宗派」的門生們，大抵變其繪畫氣勢爲陰柔，捨其特具況味的破格畫風，僅維持其唯古是尊，且筆法謹嚴的保守特色。在另一方面，那些被稱之爲「獨創主義畫家」之流者，則在董其昌的繪畫中找到解放的特質——董其昌極端地扭曲造型與空間，他的畫作具有一股近乎抽象且純粹的力量——不過，大體上，這些畫家並未採用他的風格原貌。他們知覺到另有新的選擇空間——他們必定思忖到，倘若董其昌能夠那樣作畫，則沒有什麼是不可能的——他們各樹一格，探索新的表現自由。[48]

這段話實在精闢。看來每一位總和時代的大師，其影響不外乎使其追隨者，更加因襲，或是更大膽開創。然明末文人畫風潮所及的疲弊，也立馬得見，「南北分宗」、「崇南抑北」、狹義的「文人畫」定義，幾乎使得清初除四王與王原祈以下，所謂「正脈」傳統了無新意、奄奄一息。

李渝前文，用嚴厲措詞批評後期文人畫，直如小擺設、姨太太一般。我們倘用最簡易直觀文字的方式，將李渝在《族群意識與卓越風格》裏讚譽，或者投以美好文辭的畫家稍一列出：宋代及以前的山水大師，如荊浩、李成、巨然、董源、郭熙、元代四大家，這當然在名單裏，李渝曾經不只一次提到；然而，自明代董其昌以降、「非南不宗」的論述以下，李渝偏愛的畫家，極少屬於「正統」派，非但如此，幾乎全是爲正統派污爲邪魔外道的「歧邪」派，從弘仁到龔賢，從陳洪綬到任熊、任伯年。喜、惡，在作家藝評中，從來如此明顯，毫不假辭色。她痛擊那些自以爲正脈畫家，將非我族類，打爲野狐禪、邪派者[49]，其實自己正躲在一個互吹互捧的狹窄世界，所維護的，不過是件「國王的新衣」。不爲根本的繪畫優劣，而是害怕「自封的『正統』被人挑戰了，權威被人看破動搖了，爲了維護那件國王的新衣，於是舉起了棒子，把異己者都打成了邪魔外道。」[50]然而，對於那些有別於正統派的獨創畫家們，她的品評同樣顯得激情與讚嘆盈滿。

首先她大筆一勾的，是明末的陳洪綬。「在官僚山水不可一世的董其昌時代，明末最優秀的畫家陳洪綬在理論與創作兩方面都站在反對意見」。被正脈畫家列為北宗，大加貶抑的李家青綠山水，在陳洪綬腕下則出入自由，不受拘束，尤其，向來為文人畫家所輕視的人物、花鳥，像魔術般生意活潑起來，像重回人間，充滿雅趣，畫家自言：「雖千門萬戶，千山萬水，都有韻致」。然而，那活潑那生趣並非討巧並非低俗的，那是明末山河變色的時期，身旁一幫文人友伴紛紛就義，陳洪綬在「國破家亡身不死，此身不死不勝哀」[51]的環境下，剃度為僧，避居山寺。一個青年時期以狎妓縱酒、傲才狂狷的畫家，在家國情仇、痛絕憂憤的種種矛盾下，用畫作讓我們看見他的內心。是不是正因如此，非如此不可？身在尖銳處境下的創作者，才能有突破時代的表現？李渝如是說到：

反對宗派主義的理論付之於行動時，陳洪綬在技術方面棄水墨而重色彩，紅黃藍綠紫常同時出現在畫面上，產生了強烈的民俗趣味，棄潑墨渲染而取細筆白描，承接了晉唐時代最嚴謹的線條傳統，對物體的結構和輪廓掌握之準確程度不下於張昉、李公麟。在主題方面，他選擇人物和花鳥。尤其在人物上，以狂放而倔強的情性，反映了處在內憂外患尖銳交攻之下的明末社會裏，同時代人們的思想和情懷。他們的形象也被具體而更強烈地投影在屈原、杜甫、陶淵明這類愛國詩人或在野文人身上。

面對這種時局，陳洪綬「傷家室之飄搖，憤國步之艱危」，將滿腔亡國血淚化作筆筆線條片片墨色，說不盡千萬感時傷離之情。就是以奔放的熱情，工整縝密的技巧，和對現世時局的切痛關懷，陳洪綬這一個充滿民族情感的在野文人與高度囿閉者的表面堂皇，實同槁木的藝術站在了對立面。[52]

同處明末清初，約小於陳洪綬十歲的龔賢與弘仁，一樣用反叛的姿態，從傳統山水畫上，有獨創表現。這不是件容易的事，尤其是董其昌《畫旨》以降，文人畫論述與畫風鋪天漫地瀰蓋畫壇，如前述陳洪綬等人，非我族類者即批爲「歧邪」、「外道」，然而，國仇家恨壓抑欲崩，已成俗套的繪畫框架，如何打破，這些站在正脈正派對面的獨創大師，就是能夠開出一條血路。

龔賢，現藏於蘇黎世里特堡博物館的一張《千巖萬壑圖》，無論你在何時何種情境下看見，定會爲它所吸引：山脈走勢崎長地延伸，山峰波連一一相埏，線條如此實體畢

龔賢．《千巖萬壑圖》

現、陰影分明。高居翰在《氣勢撼人——十七世紀中國繪畫中的自然與風格》指出，這泰半得力於研究西洋畫的結果[53]。姑且不論是版畫的凹凸渾圓之感，或是西洋視幻的技巧，龔賢此一畫作的確傳達了某種幽深某種神祕氣息，達到某種視覺的吊詭，也充分達到他自言：「偶寫一樹林，甚平平無奇，奈何？此時便擱筆，竭力揣摩一番，必思一出人頭地丘壑，然後續成。不然，便廢此紙亦可。」[54]既奇又幻，龔賢此畫確實提供了一個緲無人煙，不知路徑的山水所在，觀者無由尋得來路與去處，但是，視覺定焦後，心不自覺便跟著玄思幻遊起來。這是如何的處境身分的畫家能創出如此奇境，我們不覺想起：呵，那是明末清初，一個命如飛蓬的時代。高居翰的一段話，或者可以解釋一二，他說：

> 龔賢畫中所展現的，乃是現世之外的另一個同樣可信的世界，而在其不尋常的構成理念下，他的山水足可比擬眞實，且自成一局。他所描繪的並不和宋代繪畫一樣——自然可以獨立地存在，而且自有其內在的理序，吾人僅能趨近思悟，以知自己在自然中的定位。龔賢畫中的統一與連貫感並不是源自自然秩序本身，而是得力於他自己的心靈。如果我們在他畫中的世界遨遊，則會發現，我們所見到的乃是由人精神意識所衍生出來的人爲山水景致，而不是由自然理則所構成的具體而微的小宇宙。如此，我們與龔賢共體了創世紀的歷程，凡人間的糾葛與塵俗中惱人不耐的事事物物，都被摒除在此世界之外。[55]

弘仁亦如龔賢，創造出了中國藝術家從來企望盼求達到的超凡脫俗的境地，然而，他的技法與風格，卻如此迥異。第一眼見到弘仁的畫，不由讓人聯想起元代四大家之一，清秀清雅的倪瓚。高居翰曾將一幅弘仁畫於公元一六五七年的山水畫，以硬筆線條勾出山

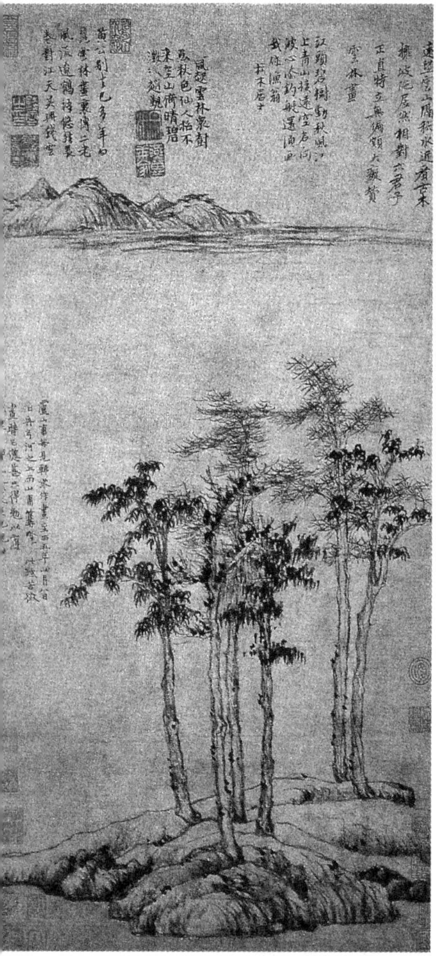

兒瓚 · 《六君子》

弘仁 · 《武夷山水》

崖結構走勢，清楚看出其山形不再是平板、或僅僅是重疊的幾何造型，它是連貫的山體，畫家以正面、斜峰、向後延伸的山脈，構成深厚的山體。這是我們曾在北宋巨幛山水畫作中曾經見到的：「范寬將明快有致、逐級上升的造型改變，代之以規模上極突然，且以極端的跳躍形式，使山體極快速地矗升爲一巨大的單體絕壁。[56]」弘仁顯然承襲了北宋巨幛山水的山體結構，但在他的筆下，氤氳繚繞的北宋暈染手法不見了，同是氣勢撼人的山川，如斯潔淨如斯俊朗，像入山川，漸退去紅塵俗物，人與自然得以清白相見。龔賢與弘仁，一用綿密，一用清俊，全然不同的筆意，在一個動盪的年代，將虛無的後期文人畫帶入另一心中山水。

李渝指：

> 意識形態和繪畫手法並進，社稷觀念隱現在視覺語言中，中國知識分子將平日的操守觀念轉換成亂世的國家意識，從此成爲左右繪畫價值的藝術道德標準，遍見於論沉周、文徵明、徐渭、八大、髡殘、龔賢、陳洪綬、趙之謙、任伯年、齊白石等等自元以來諸亂世畫家的史論中，又延伸八〇年代的李可染、錢松喦等評價中，變成傳統中國繪畫不消失的一個價值基因。[57]

這幾乎是她論述中國繪畫史，最核心且最鍾愛的一條譜系，被點名的畫家個個有不流於俗且不合於俗的性格，在亂世浮生中，總有反叛的姿態；在城市經濟興起的新中國，總有不拘元素的獨創表現，包括了陳洪綬，包括了李渝以爲論文研究題材的任伯年。這是否意味著作家本人的取捨趣味？顯然是的，端看《溫州街的故事》裏，遍拾皆是的「叛逆」主角：〈夜煦〉裏的美麗女伶美好愛情，半生流徙，是因爲涉入叛亂罪；〈菩提樹〉中時伏時出地、因與主流政治背離的青年，霎時就結束的青春生命，在〈傷癒的手，飛起來〉裏的老三，「一、二十年了，不知道還活不活著的」老三，及那個年代。

在南京，父親說，怎樣的一種時候呀。

罷課，遊行，示威，演講，一起露宿在廣場。

一起牽著手，一起迎著水喉，機關槍，小鋼礮。晨霧裏黑密密的人群，地面一攤攤的血跡。

求強的要求，民族的自尊。怎樣的一種熱情，一種虔誠哪。

——〈傷癒的手，飛起來〉㊽

一株接一株花樹盛放。戰爭接著戰爭不再中止。

穿著男裝，和同學們擠上火車。曬棉被的天井在車尾搖晃，飛動起來，奔跑起來。穿駛過灰蒼的野地，零落的矮樹，乾枯的山脈。天暗時在橋樁前停住，嘶嘶冒著煙氣。所有的燈火都熄滅了，人聲都肅靜了。吐著鼻息在黑暗中等待。

用手按著前胸，裏邊的口袋給縫進了錢。不敢把頭伸出車廂。漆黑的夜。天井已在車尾不見。

遠火在燃燒，軍機低低飛過。壅塞的道路。壅塞的車廂。沉默的驚懼的人臉。母親偶促著改良腳在天井奔走。騾子驅動前腿。車夫舉起鞭，重重抖在半空。

輪痕腳痕愈印愈慌亂了。

——〈夜琴〉59

總是這樣狼藉紛沓如轉輪的年代，不停的戰爭、政爭，找不到平和的年代；花朵將開又信手揉去，像青春，來不及開始就已殘落。〈夜琴〉裏，等待又等待、愛人像蜉蝣生物，永遠流在陰鬱暗夜，無從撈拾。

她停下步子，回轉過頭。空寂的街道靜靜鋪在自己的身後，浸在紅色的燈光中。除了燈柱投下的細長而規則的影子，除了自己什麼人也沒有。她把鍋柄卡在腰際，伸手掠了掠頭髮，換過這邊來，再拿穩了。塑膠的鞋底重新啾蟲似地響起。

黑暗的水源路，從底端吹來水的涼意。聽說在十多年以前，那原是槍斃人的地方。

——〈夜琴〉60

即如〈朵雲〉，出場小老頭似，頭髮朝後翻，透著茅草光亮的夏教授，在巷弄耳語間仍露出當年不羈的刻痕，浮出在下女豐腴肉體的老去的步履，仍有跫音傳來：

老夏給日本人關過，在牢房裏，給灌辣椒水，父親說。

已經快勝利了，說是作地下工作。從鼻子。

小妹，小妹。禮拜天的早晨，夏教授從牆那邊叫她，要她過來一趟，說是在學校附近的書攤，看到這本泰戈爾。

青色的底面，畫了幾筆水紋，標題下面飛著一隻白色的鳥。

阿玉打開書。黃昏從她肩後悄悄過來，溫暖地落在書頁上。

可知道，父親的聲音，中國第一本歐洲文藝復興史，誰寫的——

——老夏呢。二十幾歲呢。

——誰不二十幾？張教授說。

一車車給拉走的，連麻袋都來不及蓋的，也都二十幾呢。不都給清了。二十幾。

當少年離自己愈是遠去的以後，阿玉常想起那幾個深秋的黃昏，灑著一地桂花的通廊，瀰散著茶香的書房，本本沒有封面的小書，病中的夏教授給她列出的中國作家

> 的名字。還有《故鄉》裏的句子，一段段，總是忠心地載負著阿玉的日子。
>
> ——〈朵雲〉[61]

咿啞地，像腳踏車輪軸軋過溫州街的竹籬巷道，花事爛漫，無聲的故事、情事，無一不隱龕了黯去的身世，每一次的密筆皴潑，遺民記憶在龔賢《千巖萬壑圖》式的幽闇泉湧間流洩而下，繁密筆意仍嫌不足，再密再濃[62]。但李渝的小說總能向上再將近景淡去，再將線條簡化，再把俗事熱鬧、再給點苦澀，像弘仁，巨幛山水餘下清秀線條，幽幽地，在心裏浮浮載載，那細緻線條終像銅線彈絲一般，鐵線金鉤般永恆，像〈朵雲〉：

> 黃昏穿過隨樑的鏤花，在這平廣豐腴的背脊上，映出一排鬱金色的山水。

三、憂鬱且豐饒

李渝的〈日光女子〉[63]，以舒筆介紹十七世紀初的荷蘭畫家維梅爾（Johannes Vermeer），文中引用包括他極富盛名的《戴珍珠耳環的少女》、《倒牛奶的女僕》、《藝術家在工作室》等幾幅畫；當然，直觀畫面有維梅爾驚人的寫實技巧，細節、比例、結構準確無比，但令人傾心的，是畫家畫裏源自左側的勻柔日光，由了這日光，那「淡藍、淺黃、珠灰、蒼綠、乳白等色光暈的交輝」，畫面中的主角，一派閒定地在光的微氳下亭亭呼吸，任光將她最細緻幽微的情蘊一點一點釋放出來。李渝說：

不但人見的地方，光裏有層次，有細節，迎光面上閃著晶盈的光線、碎珠似的光點；不為人知的地方也過來光、晦暗處透映著光，隱密處閃爍著光。光裏有光，無光裏也有光。光弱得幾乎不見了，卻見它無處不訪，無所不在；光無心的掠了過去，卻是踟躇逗留，有意溫存。

這光使得每一個凝望的眼神，無比專注無比靜謐，微微揚起的下顎，抬手的姿勢，時間在光下逸結了。

凝結的時間、專注的眼神，我們也曾在中國看見，光被灰石吸去，輪廓經刀刻而堅毅而雋永，然輕輕揚起的唇線依舊柔和，那是李渝在〈賢明時代〉小說中提到過的，唐朝公主李仙蕙墓壁畫。

高居翰在其《氣勢撼人——十七世紀中國繪畫中的自然與風格》提到了中國繪畫繪人技法，有畫中人物直視向外的「十分法」，所舉例子，正是〈賢明時代〉以為主題的唐朝永泰公主墓。他說：「墓中的一幅壁畫，當中有一宮廷仕女，其兩眼向外直視，直與觀者視線相接。」[64]，這與傳為周昉的《內人雙陸圖》以降，畫家審愼避免使畫中人物眼神直接與觀者相接，「其目光的凝聚點稍偏，而這一係為偏斜連同簡潔的線條勾勒以及冷峻的面部表情，止絕了此畫與畫外世界建立聯繫的可能，使畫中諸仕女得以專注於其彼此間的相互關連，形成畫作中一股內在的凝聚力。」十分不同（這其中更善巧的，當然還如馬麟的《靜聽松風圖》軸了）。李渝的小說，從《溫州街的故事》開始，就如繁花織錦般納縫入一則又一則的歷史，那掩逸在小說內的本事，自開自落，歸塵歸土；小說的目的彷彿不在重回現場，相反地，某一美麗時刻的凝止，甚至是更大的寬容總魔術似地在結尾出現。

以《賢明時代》三篇為例，〈賢明時代〉驚鼓急擂地寫遭武后杖殺下的永泰公主李仙蕙「額頭那朵桃紅花鈿被摧殘蹂躪得失去了形狀，嫣紅的顏色都滲出了袋外來。」而後故事一轉回她與武延基初遇的燦然的琥珀顏色的停止時光中，武延基抱起輕盈如新嫁的蕙仙「繼續前奔，出疆界，入天山，前有樓蘭、和闐、碎葉，許諾的城市將在晨光中出現」；在〈和平時光〉裏，是毀容黯音的聶政對鏡理妝、黛筆描眉……，「風從山谷裏吹起了，一路吹過來，吹起了嫁衣，撩去了天空，像畫卷一樣展開它綿延的圖案，綿

永泰公主墓壁畫

（局部）

延去城邑、郊野、峽谷、林梢、巒頂，和遙遠的視覺消失了的地方。」〈提夢〉中，則是開疆闢土如酹月，亦懼夢沉淪入黑色的提夢人巴布爾王子，如何眞實且夢幻地建立起工筆塡彩似的「圍牆內的花園」，這被後來借用爲Paradise的天堂一詞。

倘若我們細細尋索，這模式，在被松棻先生讚爲她最好的小說〈夏日．一街的木棉花〉已經展開：

長長的開了一街木棉花——無際無休的黑暗，人們說這是永恆——我渴望遊戲和死亡，我總是這樣，像一個瘋子——但是我們又有一萬個理想，這是我們的不幸——陰影來得很遲，夏天的夜晚樹上掛了霧——我夢見黑牆，穿黑衣的女人在牆上走——我的愛，你聽，有人穿了木屐敲過巷子。——你看，我的愛，頭髮像一匹黑夜一樣的長。

小說的結尾總往上翻騰，無論是嘴唇的囓咬，或黑暗的摸索，一個更大的救贖，像入巴布爾花園，一處神的國度，或如面對端坐如斯的交腳菩薩，時間與事件於是在光的後面隱去。恰如處於永泰公主墓畫一隅的那女子，既內化於其他人物的關係裏，卻又溫柔直視畫外的世界，直探觀者的內心。這正是愛的欲力使然。

〈日光女子〉中，李渝借普魯斯特的《女囚》，寫藝術家的「內心國土」，或「失卻的祖國」：

> 藝術家如同一個異國的國民，他身處這個國家，卻對它毫無所知，不放在心上。……宇宙觀一旦發生變化，得到淨化，與內心國土的回憶更加合拍，音樂（藝術）就會用大量的變音將它們轉譯出來，猶如畫家使用色彩的變化將它轉譯出來。……這失卻的故土，音樂家（藝術家）們遺忘乾淨，無從回憶，然而無意識中，他們始終和它保持著某種程度的共鳴。按照故國的聲調而演唱，歌聲便充滿了喜悅，……

閱讀至此，我們不禁要問了，什麼是李渝作為小說創作者的「內心國土」？從廣瀚的藝術史茂林行來，種種繪畫符號如影隨形、纏綿追逐，文學與藝術像表裏，也像天地，互為觀照，也互相為證。王德威言：「將視景與理性形式意識連結，化故國風景為結構山水，看似與時代現實無關卻又綿綿相屬，引伸開來，這不正是她（李渝）對自己小說美學的期盼？」[65]或者，李渝自己的一段話更娓娓道出表象與心源的關係：

很多卓越優秀藝術家一輩子經營的只是一件作品：夏卡爾畫的是一張天景；培根畫的是一個人，一張人臉；倪瓚、吳鎮畫的各自是一幅河景。同樣的，余承堯一生畫了也許幾百張山水，反覆畫著的也是一幅山水。⑯

小說家的心裏，同樣有一張圖，那張圖的顏色蓊鬱蒼青，線條不肯同俗，不願被框架，因爲有沃土，於是可以憂鬱且豐饒。

親愛的人一一再現，都還是原來樣子，在空淨的畫布前，他們栩栩行走，徘徊流連，逐漸便成了顏色，匯成了形狀，就像記憶在夢的空間踟躇成情節，它們也在畫的空間爍動成意義。

憂鬱沒有疆界，它的鄉域在無極的時光中，何其深邈豐郁，何其寬宏安慰。依舊懷抱著對自己的期許，載負著眾人的祝福，畫家持續航行、上昇。

——〈光陰憂鬱〉⑰

註

①李渝：〈光陰憂鬱——趙無極作品一九六〇至一九七二〉，《藝術家》（台北：二〇〇三年七月），頁三三八。

②同上，頁三三二。

③同上，頁三三四。

④關於中國文學中，「自然」、「山水」、「自然詩」、「山水詩」等名詞涵義、以及脈絡延伸種種複雜現象，王文進：〈南朝「山水詩」中「遊覽」與「行旅」的區分——以《文選》爲主的觀察〉，《東華人文學報》第一期（東華大學人文社會科學學院：一九九九年七月），頁一〇三——一一四。

⑤同上文，註解中提到：台灣學者陳郁夫已將十三經全文輸入電腦，完成全文檢索。「有一件在詞語發展史上極耐人尋味的問題：那就是在中國十三經的典籍中，居然沒有『山水』一詞的出現。」頁一〇五。

⑥同上，頁一〇七。

⑦鮑照詩作，行旅遊覽喜用「鬱」字，本句見其〈還都至三山望石頭城詩〉。

⑧南北朝宋．宗炳〈畫山水序〉語：「夫以應目會心爲理者，類之成巧，則目亦同應，心亦俱會。」《中國歷代畫論采英》（南京市：鳳凰出版傳媒集團，二〇〇五年），頁一二九。

⑨南北朝宋・宗炳〈畫山水序〉語：「夫以應目會心爲理者，類之成巧，則目亦同應，心亦俱會。」《中國歷代畫論采英》（南京市：鳳凰出版傳媒集團，二〇〇五年），頁一二九。

⑩同上。

⑪唐・張璪語，《歷代名畫記》引，見《中國歷代畫論采英》（南京市：鳳凰出版傳媒集團，二〇〇五年），頁二九。

⑫據宋人記載，荊浩曾撰有《山水訣》一卷，爲宮廷祕閣所藏。現今流傳的《筆法記》（宋代陳振孫《書錄解題》中稱此文爲《山水受筆法》，明代王世貞編《王氏畫苑》中又注明「一名《畫山水錄》」一直相傳爲荊浩所著。」

⑬北宋・郭熙《林泉高致・山水訓》，收入楊家駱主編：《宋人畫學論著》（台北：世界書局，一九九二年），頁二六七——二六八。

⑭同上，頁二六八。

⑮唐代張彥遠《歷代名畫記》論畫山水樹石，認爲魏晉時期，山水畫仍屬萌芽階段，爲了凸顯人物畫，山水往往有比例失調的問題：「魏晉以降，名跡在人間者，皆見之矣。其畫山水則群峰之勢，若鈿飾犀櫛，或水不容泛，或人大於山。率皆附以樹石，映帶其地列植之狀，則若伸臂布指。詳古人之意，專在顯其所長而不守於俗變也。」見唐・張彥遠，《歷代名畫記》（台北：台灣

商務印書館，一九七一年），頁五五。亦可參看薄松年編著：顧愷之《洛神賦圖》，《中國藝術史》（台北：聯經出版社，二〇〇六年），頁三六——三七。

⑯高居翰（James Cahill）著，李渝譯：《中國繪畫史》（台北：雄獅圖書公司，一九八四年），頁三二。

⑰同上。

⑱同上。

⑲五代梁・荊浩：《筆記法》，見《中國歷代畫論采英》（南京市：鳳凰出版傳媒集團，二〇〇五年），頁四八。

⑳李渝：《族群意識與卓越風格：李渝美術評論文集》（台北：雄獅圖書公司，二〇〇一年），頁一〇四。

㉑參見王文進：〈南朝「山水詩」中「遊覽」與「行旅」的區分——以《文選》爲主的觀察〉，《東華人文學報》第一期（東華大學人文社會科學學院：一九九九年七月），頁一〇七。

㉒和尚大愚，曾乞畫於荊浩，寄詩以達其意。詩曰：「六幅故牢建，知君恣筆蹤。不求千澗水，止要兩株松。樹下留盤石，天邊縱遠峰。近巖幽溼處，惟藉墨烟濃。」可知他請荊浩畫的是一幅松石圖，以屹立于懸崖上的雙松爲主體，近處要水墨渲染的雲煙，遠處則群峰起伏。後，荊浩果然

畫成贈大愚，並寫了一首答詩：「恣意縱橫掃，峰巒次第成。筆尖寒樹瘦，墨淡野雲輕。岩石噴泉窄，山根到水平。禪房時一展，兼稱苦空情。」

㉓北宋．梅堯臣贊道：「石蒼蒼，連峭峰，大山巍峨雲霧中。老松瘦樹無筆蹤，巧奪造化何能窮。古絹脆裂再黏續，氣象一似高高嵩」，參見薛永年等著：《中國美術．五代至宋元》（北京：中國人民出版社，二〇〇四年），頁九三。

㉔中國美術史上，稱宋初有所謂「三家山水」，即山東李成、長安的關仝，與陝西華原的范寬，尤其李成與范寬，一高遠，一平遠，前者偉強，後者則開闊渺遠。由於三者皆居住北方，並以描繪北方山水著稱，後世多歸其爲北方山水畫風的代表。

㉕見《宣和畫譜》卷十一．山水二（台北：世界書局，一九七四年），頁二九一。

㉖北宋．郭熙《林泉高致．山水訓》，收入楊家駱主編：《宋人畫學論著》（台北：世界書局，一九九二年四版），頁二七一。

㉗參見梅墨生編著：《中國名畫家全集．李可染》（台北：藝術家出版社，二〇〇〇年），頁六。

㉘李渝：《族群意識與卓越風格：李渝美術評論文集》（台北：雄獅圖書公司，二〇〇一年），頁三。

㉙同上，頁四。

㉚李渝同篇文章中，同論人文修養和傳統技法訓練也都達到一個高度的陸儼少，她這樣形容其畫作：「要把所有的峰巒岫瀨都漲溢成流體，所有顏料都溶成涎液；黑色山嶺從沸滾的雲裏湧出，河流奔匯進正在解化的岩層。樹石本想傾歆抗拒卻不自主地也被捲入來勢，朝向某個不名和不可抗拒的前方湧去，一同攪旋並且變成另一種宇宙。山水的生命變相一瞬間看見，畫家縈迴記錄下他的印象，創造了另一個壯玉山川、夢魂繫繞的鄉城。」在此借壯鬱二字，形容李可染。

㉛李渝：〈光陰憂鬱——趙無極作品一九六〇至一九七二〉，《藝術家》（台北：二〇〇三年七月），頁三三五。

㉜李渝：〈江行初雪〉，《應答的鄉岸》（台北：洪範，一九九九年），頁一二三——一五〇。

㉝李渝：〈夜煦〉，《溫州街的故事》（台北：洪範書局，一九九一年），頁一——四二。

㉞同註㉜，頁三三六。

㉟李渝在其藝評論集的序言中，略敘一九七〇年代初在美國發起的中國留學生保衛釣魚台運動的緣起，與後來的質變。她說：「政治是行業的一種，自然也有它與生俱來、必須備置的特質，常得捨誠實就僞詐，手段重於原則。種種操捏得妥當有效，帶惠利於人民，是良好的政治家。然而於我，則是性情上不合不能，是在這時間，從積極地參與釣運，到逐漸回來幾已丟失的藝術史。」參見李渝：〈藝術的共和國〉，《族群意識與卓越風格：李渝美術評論文集》（台北：雄獅圖書公

司，二〇〇一年）序言。

㊱李渝：〈關河蕭素〉，《應答的鄉岸》（台北：洪範，一九九九年），頁一五九、一六六。

㊲參見李渝：《任伯年——清末的市民畫家》（台北：雄獅圖書公司，一九七八年二月初版）。

㊳李渝：《族群意識與卓越風格：李渝美術評論文集》（台北：雄獅圖書公司，二〇〇一年），頁六。

㊴李渝論當代中國繪畫之使命，原在將民族、現代與世界，三者相銜接，但往往因環境相形複雜而失落。同上，頁一三。

㊵見徐復觀：《中國藝術精神》第四章（台北：台灣學生書局，一九七三年），頁二三七。

㊶關於宋代山水過渡的歷程，參照倪再沁：《山水過渡——中國水墨畫的南遷》第五章（台北：典藏藝術家庭公司，二〇〇四年），頁一二九——一三四。

㊷倪再沁論宋代文人美學，言及：「宋代文學家所謂的『平淡自然』並不同於簡易、簡陋，而是必須經過鍾鍊，經過琢磨才能達到的。蘇軾所說的『常理』是相對於『常形』的客觀事物之內在本質，這個本質是依乎天理的自然規律，這樣的觀念已近於理學家對宇宙本體的探討，這是很深的境界，無怪乎一般匠工是難以理解的，此『非高人逸士不能辨』。文學家的『平淡自然』和理學家的『格物窮理』看似相異，在北宋中葉以後它們其實是相近的。」同上註，頁一三五。又，朱良

志：《扁舟一葉：理學與中國畫學研究》，從兩宋理學與心學來觀照兩宋繪畫，提到：「宋畫和宋代畫學實際上是由宋學陶鑄而成的。」大抵是不錯的。（合肥：安徽教育出版社，一九九九年），頁五〇。

㊸ 元朝戴表元以文字《息齋賦》，描繪當時的畫家李息齋。此八字寫盡元初畫家尷尬的社會位置。

㊹ 高居翰舉倪瓚來類比黃公望，但顯然更讚譽有加。他說：「但是倪瓚的筆法更為收斂而穩定，透露了更爲平靜的心境。在整個中國繪畫中，倪瓚作品最可貴的地方是一種『澹泊』與『蕭疏』的特質，這是中國批評家所用的最高讚美詞。」，見高居翰（James Cahill）著，李渝譯：《中國繪畫史》（台北：雄獅圖書公司，一九八四年），頁九九。

㊺ 李渝：《族群意識與卓越風格：李渝美術評論文集》（台北：雄獅圖書公司，二〇〇一年），頁一四〇。

㊻ 董其昌：《畫旨》（杭州：西泠印社出版社，二〇〇八年），頁三七。

㊼ 高居翰語。見《山外山——晚明繪畫（一五七〇—一六四四）》（上海：上海書畫出版社，二〇〇三年），頁一一四。

㊽ 高居翰：《氣勢撼人——十七世紀中國繪畫中的自然與風格》（上海：上海書畫出版社，二〇〇三年），頁九六。

㊾董其昌之後的婁東派王昱曾如此說到：「畫有邪正，筆力直透紙背，形貌古樸，神采煥發，有高視闊步，旁若無人之概，斯爲正脈大家。若格外好奇，詭僻狂怪徒，取驚心炫目，輒謂自立門戶，實乃邪魔外道也，初學見識不定，誤入其中，莫可救藥，可不愼哉！」

㊿李渝：《族群意識與卓越風格：李渝美術評論文集》（台北：雄獅圖書公司，二〇〇一年），頁一三九。

51參見王璜生：《陳洪綬——明清中國畫大師研究叢書》（長春：吉林美術出版社，一九九六年），頁三八。

52李渝：同註51，頁一四三。

53高居翰：《氣勢撼人——十七世紀中國繪畫中的自然與風格》（台北：石頭出版社，一九九四年），頁二二四。

54同上，頁二二五。

55同上，頁二三五。

56高居翰：《氣勢撼人——十七世紀中國繪畫中的自然與風格》（上海：上海書畫出版社，二〇〇三年），頁一〇五。

57李渝：《族群意識與卓越風格：李渝美術評論文集》（台北：雄獅圖書公司，二〇〇一年），頁五八。

58 李渝：〈傷癒的手，飛起來〉，《溫州街的故事》（台北：洪範書局，一九九一年），頁一〇一。

59 李渝：〈夜琴〉，《溫州街的故事》（台北：洪範書局，一九九一年），頁一二二。

60 同上，頁一四二。

61 李渝：〈朵雲〉，《溫州街的故事》（台北：洪範書局，一九九一年），頁一七九—二〇〇。

62 參見王德威：〈後遺民書寫〉：「台灣文學文化一向帶有遺民氣質，而四九之後來到台灣或出奔海外的中國人，更將此一遺民心情重新詮釋。他們『都與近代以來花果飄零的中國文化保持著比較密切的精神聯繫，要麼具有復興中華文化的信念，要麼通過漢語寫作來承續這一傳統』。而他們的書寫主要特徵顯現在『移民式的流動性與對語言和精神文化的近乎迷戀的記憶和分析……』」，《後遺民寫作》（台北：麥田，城邦文化出版，二〇〇七年），頁四六。

63 參見李渝：〈日光女子〉（台北：《印刻文學生活誌》，二〇〇四年六月號）。

64 見高居翰：《氣勢撼人——十七世紀中國繪畫中的自然與風格》，（上海：上海書畫出版社，二〇〇三年），頁七四。

65 王德威：〈序論：無岸之河的渡引者——李渝的小說美學〉，《夏日踟躇》序言（台北：麥田出版，二〇〇二年），頁二二四。

㊅李渝：〈鵬鳥的飛行〉，《族群意識與卓越風格：李渝美術評論文集》，（台北：雄獅圖書公司，二○○一年），頁一一四。

㊆見李渝：〈光陰憂鬱——趙無極作品一九六○至一九七二〉，《藝術家》（台北：二○○三年七月），頁三三九。

〔附錄〕

在夏日，長長一街的木棉花

——記一次訪談的內容

鄭穎／採訪整理

（二〇〇七年末，冬天，筆者在紐約李渝女士的家中聽她說著那些過去的、現在的、曾經的心情與故事。屋外有冬陽燦爛，看著屋內的作家身影，知道她仍在療傷的心情裏，所有的聲音都讓人心疼，像飄在空中的話語，不忍心捉住，甚也不願記錄下來。我們說到台北，作家說到〈台北故鄉〉的主角原型，一位老朋友的故事，筆者想起永康街上一間優雅的法國茶館，細緻的餐具、香溢的各式茶桶，櫃台上擺放一小瓶一小瓶手工製作的果醬。作家說：是了是了，定是我這老朋友做的。二〇〇八年的盛夏，竟和作家在台北相遇，特意約在這家茶館，在台北故鄉，有了如下的訪談。）

問：您曾提到余承堯和明末畫家可能更有一種接近。「逸／遺民生活使後者脫離政社體制，使民族意識強烈的知識分子保全了個人節操，這現象或許也可以引用到余氏身上。因戰亂而流離，在遙遠的異鄉懷念著故國，是文藝創作的共通情緒。」在您書寫〈臺靜農先生．父親．和溫州街〉的結尾，情感濃烈地談到溫州街：那一處您「少年時把它看作是失意官僚、過氣文人、打敗了的將軍、半調子新女性的窩聚地，痛恨著，一心想離開它。許多年以後才了解到，這些失敗了的生命卻以它們巨大的身影照耀著導引著我往前走在生活的路上。」在您的小說裏，溫州街像被禁錮了的一條街，在您身在異國的歲月裏，它是否也成爲您心源的祕境，或創作的鄉愁所在。

李：你剛剛說到禁錮的一條街，我突然想起普魯斯特的《追憶似水年華》，他寫了第二卷「斯萬之戀」，一個很有錢的猶太人斯萬（Swann），愛上了妓女奥黛特（Odette），在沒有結婚之前，他把她看作是一個完美的女性，經過很纏綿的追尋的過程，但結婚後，他就覺得奥黛特不過是個普普通通的女生，他想，我這輩子就浪費在這個人身上嗎？但是其中有一段，他就說到：無論如何，當時光回轉，在奥黛特仍然很漂亮的那段時間，她喜歡在下午撐著洋傘，走過廣場，每當她出現，所有時空的榮華與華麗統統在那一時刻出現！溫州街，你說的這條禁錮的街道，它是很壓抑的，然而，那整個時代、那個時空的整個風華都在裏面，這是我在日後才看到的。

我當時很小，我們那個年代跟現在不一樣，一個白色恐怖的時代，整個時代都很壓抑。當時讀一女中，我們的校長是江學珠，她是非常保守的，總是一襲深灰旗袍，這也是我們當時的典範，我想，整個時代的氣氛給了很大的影響，我們被教養著要控制情緒，就是自律；現代教育講快樂，我們恰恰相反，那個時代告訴你要苦讀、要自律，要控制自己的情感、自己的衝動，很多事情在它出現之前，你就必須就要加以戒範。

中國藝術中，本來就有這個特點。我們喜歡的東西不是鑽石那種閃亮的，當然與現在有絕大的不同，現在公爵夫人都愛鑽石了，台北人也都這樣。但是眞正的中國藝術說的是曖曖內含光，是玉，是珠，它的風華是內蘊的，像珍珠整個渾圓，把光輝都含在裏邊，不像鑽石，一顆還不夠，還切很多面，要它光燦燦地統統發亮……，我想這就是我們從小受的教育，然後，我自己學藝術史，我學到也是這樣，我覺得這條街（溫州街），你也可以把它看成這樣一個珠玉，它不是耀眼的，也許看似被禁錮在一個珠子裏，但是你到它的世界，那種流動性、那種燦爛，是很了不起的，只是，是另外一種的燦爛。

這當然牽扯到很多美學、品味、教養，又或者不是教養，而是教育，生活的仿擬品。我父親算是當時的一個精英，他是非常傳統那種文人氣息，很安靜的一個。我小的時候，不像現在這一代父母親和子女都很親近，我父親那一代是要講禮數的，父母親和子女之間，那種情感的表達是很拘謹，也很含蓄的，不講話的，有時候，情感就在一個動作裏邊，在一句話裏邊。我記得我在台大外文系讀書時，是一個很愛玩的女孩子，有一次，晚上跳舞跳到三更半夜才回家，夜裏一點多鐘了，家裏燈都黑了，我就摸黑進來，結果一開客廳門，想不到我父親就坐在黑暗裏邊，把我嚇的，我想：糟了這下。但我父親就說：「這麼晚回來，趕快去睡覺了。」然後他自己就進去了，就是這種表達方法。

我後來再想，這種一開始本來是很安靜的很壓抑的情感或方式，最後都會爆發出力量來，這種力量不像現在的這樣，當它壓抑，不停止地壓抑，然後爆發的時候，那種力量是很不一樣的，並不是說哪個好哪個不好，每個時代是不一樣的，但我覺得那是我們的一種力量。

那你提到溫州街，就牽扯了一個事情，就是「溫州街」什麼時候開始出現在我的腦海裏？我住在溫州街，但離開溫州街的時候，這條街還不是我現在看過的這樣，當時我並不喜歡這條街。

六〇年代整個都是很反叛的，我們看卡繆的《異鄉人》，看完了走在校園裏，覺得自己也是異鄉人，就覺得很有那種感覺。看卡夫卡又覺得有點卡夫卡，就是那種氣氛不一樣，非常不一樣。所以，當時就想掙脫這個環境，像現在有于丹的《論語》心得，《論語》有新寓意，也很紅了，但我們那時候念《論語》，只覺得好悶，所有的教育方式都是如此，你就想反對這個教育。出國過了好幾年，溫州街這條街反而慢慢地出現了，的確有點像在黑暗中，慢慢慢慢地亮起來了，就有這樣的過程。有點像：故鄉在什麼時候出現？剛出國的時候，不覺得台灣台北是個故鄉，只是想脫離，只覺得它代表的是國民黨的官僚、腐敗、民間的一種髒亂（垃圾就這樣統統堆在巷子裏，像整個掩埋場的垃圾；有的時候小女孩上學，清晨，巷口等著一個男人，就把衣服脫掉，諸如此類的事一點一點很多）。整體來講，國民黨的白色恐怖造成一種氣氛，我心裏想逃開來，想到另外一個世界去。

過了好幾年，一直要到保釣運動，我才開始有這個意識，就是，你從哪裏來的？你的身分是什麼？在台灣時並沒有種族的問題，到了國外，尤其保釣的時候，眞的有一種民族的意識開始出來了，尤其我們到Berkeley時，充斥著各種學生運動，啊，當時覺得這簡直是理想國，那時，才二十三、二十四歲。

故鄉，溫州街的出現差不多是在保釣中期的時候，我開始寫台北故鄉，當時我們自己編雜誌，自己寫、自己印、自己看，然後自己丟到垃圾箱去。大概從那個時候開始，溫州街慢慢醞釀出來。並且重新想，政治運動並不合適，我必須要回到文學，很多因素的聚累，台北開始以一個不同的意義出現；就是拉出距離來——你靠台北很近的時候，看到的都是不喜歡的，這個也不好那個也不好，拉出距離以後，你重新看這個都市、城市。失去才會獲得！普魯斯特說過；我在〈光陰憂鬱〉裏也說到趙無極：「畫家離開了中國，卻獲得中國。」他本來不是畫水墨畫的，但離開了中國，在極嚴重的憂鬱時，開始畫中國畫，他說：中國畫的那一片寧靜，讓他安靜起來。所以你要離開，然後才看得見。本來我是很恨中國畫的，在台北的時候，跟著孫多慈老師學西畫，有時還到師大去上課，我不喜歡中國畫的，老覺得黑壓一片，根本沒想到後來會去念中國繪畫史，那是另外一個故事。

也就是你慢慢離開，拉出距離的時候，它出現陰影，像重新回到溫州街，然後你到那個世界去找珠光，眞珠的光，玉的光，其實是很複雜的，像中國的墨色，也是很複雜；外表看起來很枯燥、很沉默、很沒有生氣的一條街上，慢慢地，你看出了珠光，慢慢地在你手中呈現出來，就有這個過程。這也像我重新了解我父親。

我少年時代，父親是傳統家庭式的權威，吃飯的話，我一定坐旁邊，然後我的祖母坐在我旁邊，父親一定是主位，好一點的飯菜，會特別放在他前面。平常時，他總是靜靜地在書房，寫的字像文徵明的蠅頭小楷，非常漂亮，當時並沒有立可白，所以如果寫錯一個字就整張不要，於是桌下很多紙頭，然後，等他拿出來的稿子，跟郭松棻一樣漂亮，就是工筆的那種，鋼筆字，非常整齊，我父親後來給我寫信也是這樣，他就常常跟我說你寫信太潦草，是哇啦哇啦的。我要到很久以後，溫州街出現以後，重新再了解我父親，然後就覺得和他這麼親近！我才了解到，我父親是個怎麼樣的人。中國的傳統美學觀念，就是陶煉成這樣的文人，那是整個的身心陶煉，是一體，就像你的字一樣，你必須進去以後，再出來，那時候才是眞正的如畫境一樣的文人，不能是裝模作樣的。像元朝四大家吳鎮、倪瓚，沒有一點煙火味兒。但那個基本訓練是不得了的，像倪瓚那幾筆，是不可能模仿的，像文人的潔癖，然後你還要眞的進入這種意境。我後來就是慢慢地從這種觀念來了解我父親，然後重新了解，從我父親口裏，我聽到的關於整個溫州街的一些事情，他們總是很簡約地講一兩句。所以，像電影《色．戒》一開始的那場麻將，我就感覺很得精髓。

問：二〇〇三年，廖玉蕙到紐約的訪談裏，您提到：「背景上，也許白先勇遇到的和我遇到的，有時候是有些相似之處。因爲溫州街那條巷子，眞的是臥虎藏龍！雖然到了台灣之後，身影好像都消失了。其實，你要回去追索四〇、三〇年代，他們都是有聲有色的人物。我父親是台大教授，我來美國以後，重新開始接觸中國近代史，突然發現這裏、那裏的名字，根本就是我家飯桌上常常被提到的。原來我家飯桌上進行的就是中國近代史！不只是這些，有時候父親回來就說：『唉呀！今天胡適又在找牌搭子！』因爲胡適的太太要打麻將，他們家離我們家很近。媽媽買菜回來又說：『啊！黑轎車又停在那兒！』就是張道藩來看蔣碧薇。對我來說是很震撼的，因爲在歷史上寫得那麼轟轟動動，在我家只是廚房陰暗的燈下一個飯桌上那麼隨口談起來的名字，這時候，我再來回想，溫州街就變得光輝燦爛，好像所有的故事都在這裏。」

像是剛巧應搭上您剛剛說到的麻將，能請您再談談這些餐桌上的故事，又，這於您的創作有影響麼？

李：那個時候，一九六〇年代，公教人員家庭是不可以打麻將的，聲名上不太好，如果家裏要打麻將要到最裏間，然後桌上要鋪毯子，國民政府發的軍毯，綠色的軍毯，在上面打麻將。到了晚上很安靜的時候，軍毯上出來的麻將聲音是很悶的，然後他們有一句沒一句的，就會說：「我們那時候進山洞裏帶兩顆饅頭，什麼的什麼的……。」就偶爾這樣講一下。其實講的都是驚心動魄的時刻，那時地毯式轟炸，這個就是生命交關的，一個剎那，生命可能就沒有了。可是在麻將桌上，全部都這樣化掉了，就這樣淺淺的一句，然後呢？他也可以拿起點心來就吃一口，然後淡淡地講這樣一句話。後來我再怎麼回想起，我就說：哇！千軍萬馬都在這裏！他們有的時候打通宵，然後就偶然一兩句講戰爭，常常講戰爭，他們講日本鬼子，鬼子來的時候；或我祖母則講長毛、長毛子他去天國。

比如說我父親下班回來，等著吃飯，他就拿著扇子說：「唉！胡適又在找麻將搭子了。」就這樣輕描淡寫。我後來回想：這是一個萬人尊敬的學者呢，可是在我們家裏，就是小小瘦瘦的，拿著一個包包，到處找人跟太太打麻將的形象。

這其實很平民，溫州街沒有壞人，你從這些面來看都沒有。像張道藩來看蔣碧薇，一個大黑頭轎車停在巷裏，我們都知道。你在母親的口中，或在母親牌友的口中，她變成某種形象，但絕不是民國那種名人的。蔣碧薇長得非常高大，喜歡梳兩個髮髻糾在旁邊，小女孩梳的那種，然後化妝很濃，兩腮邊塗了兩坨紅。上面喜歡穿翠綠的、綢的那種唐裝，下面穿粉紅色的緞布。她從不出門，只有一次我看見她自己打開門出來，到巷子對面買了一包花生米，我就看了一下，當時想怎麼會有這樣打扮的人！一個禁閉的女人，她後來那本《我與悲鴻——蔣碧薇回憶錄》寫得好極了，尤其前半寫她自己的部分。我就是把她當成一個明珠，一個鼓勵在那裏，後來就寫〈她穿了一件水紅色的衣服〉。當然開始是沉靜入這本事，至於小說後來就自由發揮了。又譬如〈夜琴〉這個小說，我們那個時候，白色恐怖，有些最喜歡的老師不見了，然後，朋友的哥哥一下就不見，就是被拖去槍斃了，水源路那裏是以前槍斃人的地方，你必須要往下走、往下走，這是一個公開的祕密，很恐怖的一個地方。小說裏常常有神父、傳教士，我想是因爲溫州街那個地方很多教堂，懷恩堂、親友堂、長老教會，通通在那裏。然後外文系的老師也有些傳教士，那裏經常看見神父。我的父母親他們從來不講二二八，可是我母親的一個中學同學，她有的時候會來家裏打麻將，我們叫她阿姨，形象有點像林海音那一種，她是北京長大，先生是當時台北市警察局局長，有一天打麻將時，我就聽到她講：二二八的時候，他們家在北門那邊的地下室，有很多外省人來躲在地下室。這種謎我到現在還是解不開來，這很複雜！她的先生可能到是北京去念書，再回到台灣來，一個世家出身的人，成爲警察局局長，然後他的夫人是北京的外省人。我記得這個阿姨每次邀我母親到她家裏去打麻將，常會請一個三輪車來，有時候會是一個小汽車來接。有一次不知道爲了什麼事情，我要到她家去找母親回來。所以我就坐了公共汽車，從溫州街、城南這區，到城西北，我覺得好像到了外國，完全是台灣話世界，我一句也不會講，亦完全不熟悉的一個地方。這是台北，但有一個地方，我全然陌生。後來這個地方是郭松棻帶我來了，就這樣，就接過來了。這個世界對我來說很奇妙，不是我在城南的世界。後來我就常常想這個：外省人躲在本省警察局局長的家裏，所以後來就有〈夜煦〉這篇小說。

當時在文學院，可以說是動不動就可以捉人。比如說，那時候台大總圖書館，藏書非常多，念大學的時候，我常去借書！借書有時候好奇，會被一些奇異的書名吸引，他們就跟我說，在總圖書館借書，倘若借的書不對的話，馬上，可能就掉腦袋。我們那時候並不覺得恐怖，我們沒有意識，白色恐怖是後來七〇年代我一看台灣歷史的時候才曉得，歷史的名詞是後來出現的，那時幾乎就是外省人每一家都是可能有人失蹤的，就是不見了。

但是開始時這些都沒有的，好像招魂一樣，比如說〈菩提樹〉，剛開始是一個句子！我們那個時候有一個維也納少年合唱團來演唱。那眞是驚爲天聲啊！那時候，我們沒有文藝的東西，不像現在，動不動是國際級的演出，我們那時候沒有，什麼都沒有。他們就唱了個〈菩提樹〉，就是舒伯特的那個〈菩提樹〉：

井旁邊大門前面有一棵菩提樹，我曾在樹蔭底下做過甜夢無數。

我就一直記得這一句，所以小說一開頭就寫：「圖書館後門旁邊，有一棵菩提樹，阿玉給父親送便當，常常走過樹蔭底下。」郭松棻一直跟我說：你那些就不要再寫了，你給我好好看五年書。所以，〈台北故鄉〉之前，這些統統都還是社會寫實時期，是魯迅影響時期。後來郭松棻說，你寫來寫去只有一篇是小說：〈夏日．一街的木棉花〉，我很聽郭松棻的話啊，這個和男女無關，這個和師父徒弟有關。他說過之後，我就開始思考，開始追尋我創作之初的心情是什麼，於是我開始回到我自己。第一個句子是：「長長的開了一街木棉花。開得那麼傻。」今年到聖塔芭芭拉的白先勇研討會上，張系國一見到我就背這個句子，因爲這很好背。然後，〈朵雲〉的第一句，就是：「阿玉曾經十六歲。那時候，天比較藍，太陽比較亮，風比較暖和。」然後是銜接到〈木棉花〉，〈木棉花〉是說：「二月和三月和四月走得很快，風一停，夏天就來了。」我重新追索這個，我不再追索那個很魯迅的東西，像〈豪傑們〉是很魯迅的，非常魯迅的，我要重新回到我那個時候，我是什麼樣子？從左聯開始，就是另外一回事，又回到我的六〇年代，這個時候「阿玉」出現了，溫州街也出現了，所以中間有一段過程，摸索了好一段時間。

問：您的老師高居翰在其《氣勢撼人——十七世紀中國繪畫中的自然與風格》，提到了中國繪畫繪人技法，舉例畫中人物直視向外的「十分法」，正是您在小說〈賢明時代〉以爲主題的唐朝永泰公主墓。他說：「墓中的一幅壁畫，當中有一宮廷仕女，其兩眼向外直視，直與觀者視線相接。」這與傳爲周昉的《內人雙陸圖》以降，畫家審愼避免使畫中人物眼神直接與觀者相接，「其目光的凝聚點稍偏，而這一係爲偏斜連同簡潔的線條勾勒以及冷峻的面部表情，止絕了此畫與畫外世界建立聯繫的可能，使畫中諸仕女得以專注於其彼此間的相互關連，形成畫作中一股內在的凝聚力。」十分不同。這其中更善巧的，當然還如馬麟的《靜聽松風圖》軸了，畫中人眼光視角遙遙遠望，如入無人之境。您的小說，從《溫州街的故事》開始，就如繁花織錦般納縫入一則又一則的歷史，那掩逸在小說內的本事，自開自落，歸塵歸土；小說的目的彷彿不在重回現場，相反地，某一美麗時刻的凝止，甚至是更大的寬容總魔術似地在結尾出現。

小說的結尾總往上翻騰，無論是嘴唇的囓咬，或黑暗的摸索，一個更大的救贖，像入巴布爾花園，一處神的國度，或如面對端坐如斯的交腳菩薩，時間與事件於是在光的後面隱去。恰如處於永泰公主墓畫一隅的那女子，既內化於其他人物的關係裏，卻又溫柔直視畫外的世界，直探觀者的內心。對小說創作者來說，這是您有意識地處理，或是愛的欲力使然呢。

李：你知道，有一年是唐文標編輯爾雅的《台灣短篇小說選》，評論郭松棻的〈月印〉，他說郭松棻小說裏邊沒有一個壞人，都是好人。我們在家裏看了覺得，唐文標說得很好，是的，沒有一個壞人，連那個出賣他的妻子，也不是壞人。其實郭松棻是個典範，他極自律，且嚴守自己的標準；他這個標準不只是藝術方面的，整個是個性的、人格方面的。他妹妹說過：哥哥的人格是沒有塵霾，沒有瑕疵的。他的確是這樣，倘若他覺得自己有缺點，他會很有意識地去改進，會眞的去改進。

我年輕的時候，曾經寫過一些很尖銳的藝評，結果有三四個老友聯合把我大罵了一頓，郭松棻就跟我說：這種東西到後來會對你自己有害，他說盡量不要再寫，他不喜歡我寫這種，他說寫美術史可以，但是不要再寫評論，他說越寫越是尖銳狹窄，很不好，他說：你一定要打開來。這長期下來，當我寫文章的時候，就不會追求陰暗的東西。其實我們看現代主義的東西，就是光影。六〇年代的現代主義與存在主義看似頹廢，但本質並不是的，它是從悲劇來找力量，這跟後現代不一樣，後現代是把悲劇變成戲謔、黑色幽默，因爲時代受不了，再不這樣就自殺了。但現代主義是很潔癖的，你看卡夫卡，就拿《異鄉人》來講，《異鄉人》就很虛無，第一句就是：媽媽死掉了。他不曉得在做什麼，又跟女朋友去沙灘上鬼混，可是你仔細再看，小說裏邊很多講母親的部分，其實情感非常豐富。郭松棻就是這樣導讀。再像卡夫卡的《蛻變》，醒來突然變成一條蟲，別人看是怪誕，郭松棻看的是他和妹妹的關係，如何重建一個溫情的關係。郭松棻看到的就是這一類，我覺得這個給我很大的影響。他也寫過一篇很好的論存在主義文章，他說存在主義是一種浪漫主義，常人把存在主義看作是頹廢、看成是虛無，可是你從另外一個觀點看，它正是從不可能中創造可能。如存在主義最有名的薛西弗斯，就是滾石頭，你在滾石頭之中找到了你生命的意義。如果這樣看的話，那有太多意義了，比如說從很簡單的小販推出來賣臭豆腐，他每天就賣這個臭豆腐，就像我們每天在滾石頭，老實說，寫小說就像在滾那塊石頭，你可以站在那裏來想，就會像沈從文一樣，就會看出那種意義來。

現在重新來了解，六〇年代其實不是頹廢的，而是很浪漫、很理想主義的，那種頹廢就像在「田園」（六〇年代，台北一處專門提供古典音樂的地方）裏邊悶著，黑暗裏去聽古典音樂，這不是頹廢，這個是在尋找，而這種力量就是悲劇的力量，也就是說在「爆炸」以後呢，怎麼辦？在我覺得，更加悲劇的，是像袁哲生、黃國峻、邱妙津，就是以悲劇對抗悲劇，整個投進去，其實是很燦爛的；像張大春，像舞鶴這些，他不以悲劇來面對，他把整個笑話掉，像舞鶴故意用很機車樣的文字……，這是一個逃脫，你可以脫身，你可以保全性命，現代主義是「換方向」。

問：您的小說中每有潔白素靜的少年（美男子！），如〈傷癒的手，飛起來〉裏：「湖水般的綠底襯托出穿白衫的半身青年」、〈無岸之河〉裏的修士與少年、〈踟躇之谷〉中的年輕男子，甚至是〈賢明時代〉裏的公子舞陽。再細看，其實少女跟少年在您的小說裏面都出現，可是用了不同的方式，少女好像常是一個歷史的隔壁房間的旁觀者（如阿玉這樣的一個角色）；可是少年又不同，他常常就是一個青春時光的自己，好像老去的權力者，回頭看到的少年的自己。這少年？或少女，在小說中總以某種救贖的原型出現。以少女為例，渙漫地、迷失地、感傷地、悲慟地，於戰爭與白色恐怖的境地間被孤獨棄置，如〈夜琴〉、〈她穿了一件水紅色衣服〉、〈菩提樹〉、〈朵雲〉、〈八傑公司〉，作為感性主體，她們承受那些隱藏著禁忌、不忍卒睹的災難，在恐怖的悲劇中，她們如此柔弱，像是只在歷史的隔壁，無助地被捲入歷史，像《金絲猿》的懷寧、〈菩提樹〉、〈朵雲〉裏的阿玉，她們多像是沈從文小說〈靜〉裏面的少女岳岷。

然而，少年，則混雜了作為十字架上耶穌之犧牲形象、或是希臘神話中一個絕對清潔、純粹的神物。在某些篇章，「少年」的出現是以「獨裁者的秋天」式的、身負歷史罪孽的老將軍的「牡丹亭」青春畫像的時光源頭，無有污染。您在小說中，以兩組對照：「手上沾滿了罪惡的父親／永遠的理想者的兒子」，這種「老人／少年」的「波赫士／我」，青春之傷逝摺藏於衰老、看過生命全景的時光雙瞳：目睹其青春爛漫純粹如瀑布的美麗時光，其實已如死神覆蓋上洶湧而來的衰敗、腐朽、痿病。像《紅樓夢》、也像川端康成《睡美人》，老人對少女們新感覺派似的耽美與痛惜；又如《雪國》中男主角同時召喚意識流，以疊印出兩個女孩的絕美之臉——一個已然壞毀，一個猶在時光源頭。

李：「少年沒有不美的！」就像賈寶玉，是不容許老化的，所以他到二十歲一定要消失，一定要回歸神話裏去。林黛玉也是，十二金釵沒有一個老去的，就是永恆的少年，無論發生什麼悲劇喜劇，十二個永恆少年，最後都消失掉。少年兩字，無論他眞正的外形如何，少年這兩個字就是完美的，不可能難看，不管外在眼睛皮膚等如何，就是有一種少年氣氛在那邊，就是有一個文化的意義在這裏，不容污染的，不容醜化，就是無邪，少年就是有一種理想出現。

如果拿沈從文的岳岷和魯迅的潤土來比的話，就很有意思了，潤土就很典型的魯迅，那岳岷就不同，這個夏志清說得很好，他說福克納裏邊有這種天眞的人物，在這種人中他找到最強有的力量。沈從文就把〈蕭蕭〉寫得眞好：他寫蕭蕭給花狗弄大了肚子，大家都覺得很丟臉，有的要她沉潭，有的要將她賣掉，囉哩囉唆還沒有決定，孩子就生下來了，是個男孩，爺爺就說：「留下來吧！」我覺得寫得好好！有一段時間我就拚命念沈從文，不斷學習學習學習。

剛剛提到的少年與少女，這的確是隱約的。男性的這一面常常代表是一個公眾的歷史，他們是將軍這一些，他們承接的是歷史，然而，女性承接的是私有的歷史；男性這邊常常是一個公共的記憶，那女性這邊則是私人的記憶。我們上歷史課，告訴你一九多少年發生什麼……，可是這個「阿玉」是在我家，麻將牌桌上，她半醒半熟的時候聽到……，這是一個很隱密的。

我昨天去參觀市立美術館，展覽提到：黑暗城市，有些人就問爲什麼用這個名詞？我覺得有一個人講得不錯，他說這個黑暗並不是黑暗，而是比較隱藏的。就如同我們說追求光明，看光明，而所謂黑暗可能就是一個角落，但這個角落，它可能告訴你更多的事情；它可能是比較少表現的，但也未必不是強勢。也許有人要就性別問題來談這些，女性比較被欺負？或也不是被欺負。以前我們一女中分班是忠孝仁愛信義和平，現在又加了溫良恭儉讓，我想建中是沒有什麼溫良恭儉讓的，所以這是就外在的、內在的教育女性，就像岳岷一樣，她就可以去包容所有的東西，或者像蕭蕭一樣，她嫁到哪邊，她就勤勞地帶小孩之類。不論從歷史上、從個人生活來講，都有這一面，但是，如果她作爲一個小說的文本，那麼，從她可以讀到的東西就比較多。所以到了〈和平時光〉，我最後乾脆就用女的作爲主角，因爲女性才會發展人間關係，像小津安二郎，《東京物語》、《秋刀魚之味》這些，雄性的黑澤明就導演出《羅生門》、《影武者》這些。他處理的是那種，而小津安二郎處裏的就是這樣。

你剛剛提問，我就想到，阿玉代表的是私人的記憶，私人的記憶隨時可以出現，隨時地，可以去找一塊石頭、一棵樹，就可以在這裏找；男性的記憶是比較在書寫裏邊的，小說家可以是另一種書寫，從《史記》開始，小說家可以演繹出他的想法，司馬遷可以寫項羽在垓下之前，到了河邊先唱歌再自殺，這是正史書寫上不可能的，可是，我覺得這就是屬於私密的，歷史不可能記載他唱歌這事，歷史也不要，一定會被記載剔除掉，如蔣中正先生的日記公佈了，他寫到孫科和李宗仁競爭副總統的時候，他是反對李宗仁的，但在日記中又寫孫科是個混蛋，他直接寫：孫科心眼又小，又貪婪，他直接寫下來，這是他私人的、隱密的，公開的歷史不會這樣書寫的。我到現在仍有一個記憶，我很小的時候，晚上聽收音機，我就聽到那個收音機在報：孫科、李宗仁、李宗仁、孫科、李宗仁、孫科……，在報票。那時候的各種管道是很純潔、很純粹的。

回到剛剛那個，就是少年和少女的確是有不同，像郭松棻寫的〈月印〉也是，鐵敏去打仗了，後來寫到文慧照顧他，然後，私人的記憶就出現了。你看，魯迅寫女性常常寫不好，像〈祥林嫂〉，祥林嫂其實是男女都無所謂的，魯迅最有名的當然還是阿Q；但他一旦寫到私人的，像〈阿長與《山海經》〉寫他的保母，長媽媽，最後一句：「仁厚黑暗的地母呵，願在你懷裏永安她的魂靈！」那個就寫得非常溫暖。然後〈父親的病〉也寫得好，他到後來父親快要過世了，他大聲叫了：「父親！父親！」他爸就很無奈地說：「不要嚷。……」他還叫，一直到他父親斷氣。「我現在還聽到那時的自己的這聲音，每聽到時，就覺得這卻是我對於父親的最大的錯處。」

問：王德威在您《夏日踟躇》序言中，提論您的多重度引敘事結構，說，世間的渡引，莫過於松棻先生之於您，這當然十分傷痛，我記得在紐約家中您為松棻先生佈置了許多便宜寫作的地方；還有您說過兩人慣常在晨光至中午的時間，各自工作，有時廚房爐上煨著一鍋湯，兩人經過，就會照看火候……，這那在手中被照料的湯，多麼像文學！做為一對依偎相伴的文學夫妻，兩人之間各有如何的砥礪與切磋？雖然您總是自謙：松棻先生才是最好的創作者。

李：松棻是我的英詩老師，他那時候二十五、六歲，眼睛是長在頭頂的，他看人根本不是直得看，是眼睛向上這樣看的。我認識了他以後他總說：「你不可以再去玩了，你好好地念書。」那時候我參加一個社團叫「融融社」，大部分幾乎百分之九十九是外省人的第二代，而且是某一個層次的那種。我們主要聚在一起唱洋歌，張系國是其中之一；有時下課以後大家會在文學院前面草地上聚會，唱唱歌或聊天，松棻在文學院裏邊就看見我在那邊，他就說：「你又去融融啦！你給我回來看書！」我很聽他的話，因為我很佩服他。他教課的時候，不會按照課本，會講到很多當時二十世紀國外文學的哲學，尤其存在主義、卡繆、沙特這些，對我來說這是很吸引人的，完全都是破除禁忌的。我記得我們兩個第一次吵架，他就給我一本書，要我拿回去看看，英文原文的，就是西蒙波娃的《第二性》，我當時怎麼看得懂呢，根本沒有那個背景，我當然懂得他的意思，就是告訴我：不能再做一個台灣的乖乖小女孩，必須放棄這一點。

我們兩個常常開玩笑，郭松棻在台北其實就是很愛玩的一個人，他當大學生，根本不上課，每天跑碧潭游泳，然後跑到館前路的「田園」去聽古典樂，那裏一進去是不見五指的黑，全黑的，然後都是最好的音樂，最好的古典音樂，郭松棻年輕的時候，他就悶在「田園」，悶在黑裏聽交響樂。他有一面非常嚴肅，但是玩起來就是不得了，很反叛性的，非常反叛性。有一次，他跟朋友開我的玩笑，他說，沒有他我早就報銷了，他說：轉一轉我就不見了，我想是的。

（談話其實仍未終了，但畫面已經停駐在李渝的〈交腳菩薩〉，當日發表在報紙副刊，那張郭松棻先生微側過臉、靜坐的半身照片上。時光好像能停留，可以在這裏安靜等候，或從這裏開始延展。）

文學叢書 206

鬱的容顏——李渝小說研究

作　　者　鄭　穎
總 編 輯　初安民
責任編輯　陳思妤
美術編輯　黃昶憲
內頁余承堯畫作提供　家畫廊
校　　對　謝惠鈴　鄭　穎　陳思妤

發 行 人　張書銘
出　　版　INK印刻文學生活雜誌出版有限公司
台北縣中和市中正路800號13樓之3
電話：02-22281626
傳真：02-22281598
e-mail:ink.book@msa.hinet.net
網　　址　舒讀網http://www.sudu.cc

法律顧問　漢廷法律事務所
劉大正律師
總 代 理　展智文化事業股份有限公司
電話：02-22533362・22535856
傳真：02-22518350
郵政劃撥　19000691 成陽出版股份有限公司
印　　刷　海王印刷事業股份有限公司

出版日期　2008年9月30日　初版
ISBN　978-986-6631-25-2

定價　220元

國家圖書館出版品預行編目資料

鬱的容顏——李渝小說研究／鄭穎著；
--初版，--臺北縣中和市：INK印刻文學，
2008.10　面；　公分（文學叢書；206）
ISBN 978-986-6631-25-2（平裝）
1.李渝　2.現代小說　3.文學評論
857.63　97015472

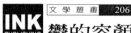